Olivier Rolin, né en 1947, est l'auteur de plusieurs romans, dont *L'Invention du monde* (1993), *Port-Soudan* (prix Femina 1994), *Méroé* (1998), *Tigre en papier* (2000, prix France-Culture 2003) et plus récemment de *Chasseur de lions*. Il a également écrit des récits de voyage, dont *En Russie* (1987).

Olivier Rolin

UN CHASSEUR
DE LIONS

ROMAN

Éditions du Seuil

TEXTE INTÉGRAL

ISBN 978-2-7578-1460-4
(ISBN 978-2-02-084649-3, 1re publication)

© Éditions du Seuil, août 2008

1

Soixante-huit lions, plus un

Allongé sur la terre bleue, le lion barre toute la largeur du tableau, sa tête contre le bord gauche, gueule béant sur les crocs, un trou derrière l'œil ouvert, brillant (un œil de verre, se moqueront de mauvais esprits), noir d'où goutte un peu de sang, l'extrémité des pattes arrière débordant du cadre, à droite. Le tronc d'un arbre s'élève au premier plan à gauche, vertical, gris de cendre écaillé de noir, touches éparses de jaune et de vert sombre, masquant une partie de la crinière, qui retombe noire sur le pelage fauve. Le peintre a signé sur l'écorce : « Manet, 1881 » (un couple de jeunes métis, assez gros l'un et l'autre, perplexes, se demandent ce qui est écrit là : *Miguel ? Não, não é Miguel*). En arrière-plan, des arbres grêles dispensent une ombre légère, trouée de taches de soleil jaune-rose ; à gauche du tronc, le sol est bleu, à droite il tire sur le mauve lilas, en bas sur le vert mousse. Il était, paraît-il, carrément violet lorsque le tableau fut exposé au Salon de 1881, ce que Huysmans jugea « par trop facile». Le chasseur occupe la droite de la partie médiane du tableau. Il est sanglé dans une veste d'un vert presque noir, à gros boutons dorés, serrée par une ceinture à large boucle. Dessous, on aperçoit les manchettes d'une chemise blanche, le col ouvert sur un cou de catcheur. Genou droit en terre, carabine à deux canons pointée vers le sol, dont la crosse brille au creux de son coude droit, chaussé de formidables bottes sur le cuir noir desquelles jouent des lueurs, il semble à l'affût, mais de quoi? Le lion foudroyé, derrière lui, ne l'a-t-il pas vu? En attend-il un autre? A-t-il peur qu'on lui vole sa descente de lit? «La pose de ce chasseur à favoris qui semble tuer du lapin dans les bois de Cucufa est enfantine», écrit encore cette peau de vache de Huysmans. En fait, il a l'air d'avoir glissé sa tête dans le trou d'un décor représentant naïvement, dans une petite foire de province, une chasse au lion. Une tête de brute inexpressive, ou bien alors exprimant des sentiments assez frustes, surprise mécontente, vague défi, du genre le premier qui approche je le crève. Épais, enflé, sourcils très fournis, arqués, grosse moustache de morse masquant la bouche, larges favoris en côtelettes autour d'un double menton naissant. Il porte un chapeau à haute coiffe noire ceint d'un ruban bleu et orné d'une plume. Il a le teint d'un rose charcutier, une carnation couperosée (et encore, les couleurs ont tourné: selon Jacques-Émile Blanche, à l'origine «les chairs étaient rouges comme la tomate»). Il ressemble assez à l'idée qu'on se fait d'un bistrotier auvergnat d'autrefois, un bougnat, on attend le torchon sur l'épaule plutôt que le fusil. Sa botte gauche est véritablement écrasante. On ne discute pas avec le porteur de semblables bottes. Son regard a une fixité hébétée.

Pourquoi Manet, « ce riant, ce blond Manet / De qui la grâce émanait », a-t-il peint ce gros lard ? Un peintre forme tout de même une espèce de couple curieux avec son modèle, il faut qu'il y ait entre eux une séduction, une connivence : comment Manet, si spirituel, en est-il venu à faire le portrait de ce balourd au regard éteint ? Voilà ce que tu te demandes devant *Le Chasseur de lions*, dans la seconde salle du second étage du *Museu de Arte* de São Paulo, il y a un an. Que pouvait-il lui trouver, à ce Pertuiset, puisque c'est ainsi qu'il s'appelle, Eugène Pertuiset ? Il l'amusait par ses rodomontades, il l'épatait par ses histoires ? Il était, ce massif, l'aventurier qu'il avait un moment rêvé d'être, lui, quand il s'était embarqué, à seize ans, sur un navire école ? Il avait connu, alors, les cieux crevant en éclairs et les trombes, les grandes vagues glauques qui font fermer les yeux, l'enrouement énorme du vent. Dans ses tableaux, plus tard, la mer monterait jusqu'au ciel. Il avait vu les cavalcades des dauphins, s'empanacher de vapeur le front des cachalots, la crête de neige d'une île crever l'horizon, le toit d'ardoise de l'Équateur, les pitreries que les marins font au passage de la Ligne, les lourdes lames dans quoi plongent les vergues, les phosphores, les feux Saint-Elme. Dans les rues de Rio de Janeiro, il avait marché sous des balcons d'où le suivaient de beaux yeux noirs. Ces regards sombres trouant des visages de craie, ces cheveux sombres, le battement des éventails colorés sur le blanc mousseux des robes, il les peindrait, plus tard. Les belles Créoles qu'il n'avait pas su, pas osé aborder, jeune apprenti marin un peu timide, il les rencontrerait plus tard toutes, il les ferait poser, il leur offrirait des éventails et des bouquets de violette, toutes en une femme et ce serait Berthe.

Le Balcon, ce n'est pas à Boulogne-sur-Mer, en 1868, qu'il en aura la première idée, comme le croient les historiens de l'art, expliqueras-tu le soir à Isabel. Vous dînez dans le quartier de São Paulo qui porte le nom étrange d'Higienopolis, à la terrasse d'un restaurant tenu par une Argentine dont le mari a disparu sous la dictature, torturé à l'École de mécanique de la marine de Buenos Aires ou ailleurs, dans un garage, une cave sordide, une église aussi bien, jeté d'un avion dans le Río de la Plata, le fleuve «couleur de lion», ou bien brûlé dans un incinérateur à bestiaux morts, qui sait? Ce n'est pas à Boulogne-sur-Mer en 1868 mais à Rio vingt ans auparavant, marchant sous les ferronneries des balcons enserrant comme des cages les grandes robes blanches, les yeux noirs des femmes de Rio. «Tu le vois, ce tableau, *Le Balcon*?» Oui, elle le voit, Isabel, elle est très «cultivée», comme on disait autrefois, en dépit de son jeune âge. Eh bien, c'est l'allégorie de son amour impossible pour Berthe – impossible selon les principes bourgeois qu'il faisait siens, tout révolutionnaire en art qu'il était. La godiche qui met ou enlève ses gants, à droite, et dont on nous dit qu'elle était violoniste, elle est là pour représenter sa femme, la Hollandaise, qui était pianiste, comme tu sais – elle jouait du Wagner à Baudelaire mourant, dans la clinique de Chaillot. Le petit enfant dans l'ombre, derrière, c'est Léon, le fils qu'il a eu de la Hollandaise, qu'il n'osera jamais reconnaître parce qu'il l'a eu bien avant le mariage – tu te rends compte? Tu sais ce qu'il deviendra plus tard, le petit Léon? Il vendra de la poudre à faire pondre les poules! Ça a l'air d'une blague, mais c'est vrai : des vers de vase et de la poudre à faire pondre… En attendant il est là, et il est dans l'ombre. Et l'autre, dans la lumière, la godiche qui met ou enlève ses gants. À eux deux, ils signifient : «interdit». Ces yeux noirs qui regardent ailleurs, sur la gauche du tableau, ces cheveux noirs, cette grande robe blanche, ces mains fermées sur un éventail, cette belle mélancolie te sont interdits. Voilà ce que veut dire *Le Balcon*, et que comprend parfaitement le type en cravate bleue, en costume de surmoi, au centre, qui a l'air de ne pas savoir que faire de ses mains. De grandes chauves-souris nagent dans le noir de la nuit, tu es excité par les caipirinhas et le vin de Mendoza et puis surtout par les yeux d'Isabel, sombres et brillants comme de l'anthracite. Tu pérores, tu échafaudes des théories fumeuses pour essayer de lui plaire.

Manet avait voulu être marin, comme Gauguin le sera, et puis finalement il serait peintre et c'est comme peintre qu'il affronterait la mer, il en ferait ce haut mur glauque, veiné d'écume, escaladant et barrant la toile comme le mur devant lequel on fusille Maximilien. Des vaisseaux s'y canonnent et coulent, un vapeur y trace son sillage, une barque y fuit le bagne. Il avait imaginé de vivre avec Berthe, et puis ce serait ce brave Eugène, son frère, qui l'épouserait, et l'ennuierait. C'est dans la peinture qu'ils seraient à jamais unis, dans les portraits qu'il en ferait, du fond de quoi nous fixent ses yeux noirs. Et peu de temps avant sa mort il peindrait ce *Chasseur de lions*, que tu découvres il y a un an au *Museu de Arte* de São Paulo. Tu n'es pas entré au musée pour le voir, tu ne savais même pas que ce tableau existait. Tu es entré au musée pour voir une exposition Degas, et peut-être aussi parce que c'est un endroit tranquille et frais, ce qui n'est pas si courant à São Paulo. Mais Pertuiset, tu le reconnais : tu l'as déjà rencontré, ce gros épouvantail, un quart de siècle auparavant, à Punta Arenas, sur les bords du détroit de Magellan.

Tu étais arrivé là parce que tu faisais un peu le journaliste, alors – c'était l'époque de la guerre des Malouines –, et surtout à cause de *En Patagonie*, de Bruce Chatwin : tu voyais dans ces régions de l'Amérique australe le pays même du romanesque. À Ushuaia, en Terre de Feu, tu avais connu une craintive institutrice qui enseignait le français à quelques adultes fuégiens.

Comme tu lui demandais pourquoi ils apprenaient cette langue qu'ils n'auraient jamais l'occasion de parler (et qu'elle-même parlait fort mal), elle t'avait répondu : «Parce qu'ils s'ennuient.» Cette fille était une illustration du vers de *La Prose du Transsibérien* que Chatwin avait mis en exergue de son livre : «Il n'y a que la Patagonie, la Patagonie, qui convienne à mon immense tristesse.» Son mari travaillait à la base navale et te regardait d'un air terrible, il te prenait apparemment pour l'amant de sa femme doublé d'un espion. Des policiers t'avaient menacé d'arrestation parce que tu regardais la mer, ce qui était, selon eux, interdit aux étrangers. À Punta Arenas, quelques semaines plus tard (les Malouines, *Malvinas*, étant entre-temps redevenues les Falkland), dans une librairie de la *plaza* de Armas, tu avais acheté un livre sur les explorations du Grand Sud. C'est dans cette *Petite Histoire australe* que tu avais appris qu'un Français nommé Pertuiset avait mené en Terre de Feu, en 1873, une expédition que l'auteur qualifiait de «funambulesque». Il y avait une gravure le représentant en pied : il est vêtu exactement comme sur le tableau de Manet, d'une veste à col rond, à gros boutons ronds, serrée par une ceinture de cuir, les pantalons sont pris dans les bottes, il porte le même chapeau à haute coiffe ceint d'un large ruban ; mêmes favoris, même moustache, même fusil, même air d'imposante connerie. Il ne manque que le lion. Ce type n'était pas très excitant, mais il était quand même assez pittoresque, et sa qualité de trafiquant d'armes, que mentionnait le livre, te faisait rêver qu'il ait pu être en affaires avec Rimbaud. D'ailleurs tu te plaisais à voir en lui le sixième oncle de Blaise Cendrars, celui qui était parti «inspecter le ciel sur la côte occidentale de Patagonie»: «Aux confins du monde/Vous pêchiez des mousses protozoaires en dérive entre deux eaux à la lueur des poissons électriques/Vous collectionniez des aérolithes de peroxyde de fer...» C'est comme ça, un peu poétisé, que ce matamore est resté dans un obscur recoin de ta mémoire, figure aventureuse et légèrement grotesque, jusqu'au jour, quelque vingt-cinq ans plus tard, où tu le croises de nouveau à l'improviste, au *Museu de Arte* de São Paulo, prêt à te mettre en joue, devant un lion étendu sur la terre bleue, avec un trou derrière l'œil gauche où le sang noircit. Ce type te cherche, on dirait.

Autour de lui sont accrochés un portrait, par Courbet, de sa femme Zélie, et une autre toile de Manet, une *Amazone* tout en noir, sur la croupe d'un cheval noir. Il y a très peu de gens dans les salles. L'exposition Degas attire un peu plus de monde que les collections permanentes, mais enfin on ne s'y bouscule pas. Parmi les œuvres accrochées, il y a un ravissant *Portrait d'Yves Morisot*, la sœur de Berthe. Tout est bistre, clair pour le sofa, les murs, un grand cadre qui est peut-être une glace, le visage assez préraphaélite d'Yves, ses bras ses épaules sous un voile transparent, ses mains, sombre pour sa robe. Seul brille, vert, derrière la nuque de la jeune femme, le rectangle d'une fenêtre ouverte sur un jardin. Elle a le nez un peu retroussé, une bouche boudeuse, ou triste, peut-être se mord-elle les lèvres ? Dire que cette gracieuse épousera un percepteur à Quimperlé... Invalide de guerre, qui plus est... La propension à tomber amoureux d'une femme de peinture dénote sans doute un rapport assez primitif à l'art, tu l'as au plus haut degré. Les trois sœurs Morisot, Yves, qui mourra jeune, Edma et Berthe, étaient des beautés, tu regrettes de ne les avoir pas connues. Edma est allée s'ennuyer à Lorient, dans la compagnie décorative, au moins l'espère-t-on pour elle, d'un officier de marine. On imagine des Bovary (mais pas des Chatterley). Tu es amoureux de cette Yves que te présente Degas (quel curieux prénom, tout de même, pour une femme), tu es amoureux d'Edma que Berthe peint sur la terrasse de la rue Franklin, sur la colline de Chaillot, debout, en robe noire, face à la Seine et aux Invalides, l'air d'une jolie renarde (tu crois d'ailleurs que c'est Yves et non Edma, comme le prétendent les catalogues), de Berthe que Manet peint en chapeau noir, avec un bouquet de violettes dans l'échancrure du corsage, ou bien un éventail devant les yeux, joueuse, ou les mains passées dans un manchon, maigre, aiguë, chat de gouttière, ou bien étendue sur un sofa, un peu décoiffée, du désordre aussi, suggéré, dans l'étoffe noire que soulève le sein, avec une bouche et des yeux si provocants qu'on est enclin à croire qu'ils ont fait l'amour, ce jour-là, ou encore pointant un escarpin rose sous le feston d'une robe noire. Et cette Berthe-là, au délicieux soulier rose, sais-tu où elle se trouve ? demandes-tu à Isabel, qui l'ignore. À Hiroshima, à deux pas du dôme calciné qui perpétue la mémoire d'une ville de cendres. Pertuiset, songes-tu soudain, c'était l'anti-Morisot. La lourdeur face à la grâce, la botte noire écrasant l'escarpin rose. La placidité obtuse en regard de la mélancolie. Le genre de type dont on se dit qu'il est bien équipé pour la vie, un vrai rhinocéros.

Le *Museu de Arte* est un parallélépipède de béton vitré posé sur des pattes carmin, au bord de l'*avenida* Paulista. Son fondateur, Assis Chateaubriand (ainsi nommé parce que son grand-père paternel admirait l'auteur des *Mémoires d'outre-tombe*), était un flamboyant rufian, créateur d'un empire de presse, comploteur, faiseur et défaiseur de présidents, génial et cynique, le Citizen Kane brésilien. Ce petit Nordestin d'une audace inouïe, absolument sans scrupule, ne payant jamais ses dettes, entrepreneur infatigable, charmeur, homme à femmes, assassin, portait toujours un 38 à la ceinture, sous le costume de lin blanc ou le frac, et n'hésitait pas à faire lui-même le coup de feu sur ses adversaires, quand il ne lançait pas contre eux ses tueurs *jagunços*. Cet aventurier qui méprisait la bourgeoisie brésilienne avait monté les collections du musée comme il avait monté toutes ses affaires : en taxant les grandes fortunes, qui n'osaient pas se dérober à ses ordres tant effrayaient sa puissance et sa réputation d'implacabilité. En les forçant à devenir mécènes, disait-il, il leur offrait une assurance-vie contre le bolchevisme. C'est comme ça que le *Chasseur de lions* est arrivé à São Paulo, te raconte Isabel : après que le terrible petit homme s'est levé et a désigné, à la fin d'un dîner en *black tie*, un banquier ou un grand *fazendeiro* qui à ce moment-là a ressenti la peur du cancre sur qui se pointe l'index du professeur, mais pas de doute, c'est à lui que s'adressait le vieux pirate : « *Seu* João, ou Guilherme, ou Antônio, tu vas contribuer à la culture du peuple brésilien, tu vas donner cent mille dollars pour acheter un Manet au *senhor* Wildenstein, à New York. » Et l'autre a fait un sourire contraint, sachant que s'il ne s'exécutait pas, il était un homme mort, économiquement et socialement au moins.

En contrebas du musée s'étend un paysage de tours estompé par la brume – chaleur, pollution. Immensités urbaines. Fracas, fumées, foule, miroitement du verre teinté. Le métro est en grève. Les journaux annoncent que Guilherme Portanova, reporter du *Globo* enlevé par le PCC (pas le Parti communiste chinois, mais le « Premier commando de la capitale », une bande mafieuse qui multiplie les attaques de guérilla urbaine), a été libéré après quarante et une heures de détention. Cesar Augusto Roriz da Silva, dit « o Cesinho », un des fondateurs du PCC, viré ensuite par Marco Herbas Camacho, « o Marcola », a été retrouvé mort dans la cellule 176 de la prison d'Avaré où il purgeait, pour sept hold-up et sept homicides, une peine de cent quarante-quatre ans, sept mois et sept jours de détention. On lui avait enfoncé une éclisse de manche à balai dans le cou (en plein dans la jugulaire) et une autre dans le thorax, puis, pour peaufiner, on l'avait étranglé. Dommage que personne n'ait assassiné Alfredo Stroessner, le vieux dictateur du Paraguay, qui meurt le même jour à l'hôpital Santa Luzia de Brasilia, à l'âge de quatre-vingt-treize ans. Soixante-huit lions se retrouvent sans toit, abandonnés par leurs dompteurs au bord des routes du Brésil : c'est une conséquence des lois prohibant les spectacles animaux dans les cirques. Les flics qui les recueillent se plaignent de devoir quelquefois partager les locaux de leurs commissariats avec les fauves qui, pour mités qu'ils soient, efflanqués, les dents limées, n'en sont pas moins encombrants, et même un peu dangereux malgré tout. À São Francisco do Itabapoana, la préfecture a parqué un couple de vieux lions mélancoliques sur le terrain de football, où ils sont devenus l'attraction de la ville. Cette situation, néanmoins, ne saurait durer, un terrain de football, en tous lieux du monde mais surtout au Brésil, étant fait pour jouer au football.

2

Le goût de la chair de singe

Le vaste et rubicond Pertuiset avait été en affaires avec un certain Jules Gérard, ex-officier de spahis que la *vox populi* avait paré du titre de «tueur de lions». C'était un petit Provençal (il était né à Pignans, dans le Var) plutôt chétif mais plein de sang-froid et d'imagination. À eux deux ils ressemblaient à Laurel et Hardy, ou à un minuscule Don Quichotte flanqué d'un colossal Sancho. Ensemble ils avaient conçu le projet d'une «Société africaine internationale» (toute sa vie, Pertuiset échafauderait des combinaisons mirobolantes, dont aucune jamais ne marcherait. Il y a en lui un côté Courtial des Péreires – l'inventeur de *Mort à crédit*. Peut-être cette naïveté, cette faculté enfantine de s'enthousiasmer pour des coquecigrues, attendrissaient-elles Manet). L'idée de base était de recruter des chasseurs indigènes afin d'éliminer les animaux dont les mœurs féroces nuisaient gravement aux entreprises coloniales (spécialement celles des éleveurs). Mais la société se proposait aussi des buts plus sophistiqués et éducatifs, en l'occurrence « rendre faciles et attrayantes les excursions dans l'Afrique du Nord et le Soudan », et capturer un certain nombre de fauves, à l'aide de filets, pièges à ressorts et contrepoids, cages à roulettes, etc., afin de les vendre aux jardins zoologiques, de les exhiber au public riche et oisif des villes d'eaux et autres villégiatures, et finalement « d'offrir aux naturalistes des sujets d'étude, et aux peintres, sculpteurs, architectes et graveurs, de bons modèles des grands félins » : c'est écrit dans les statuts de l'Africaine internationale, qui ne verra jamais le jour.

Jules Gérard, qui se flattait de relations à la cour d'Angleterre, avait paru en uniforme de spahi à la *Royal Geographical Society*. Il espérait récolter des fonds et des patronages prestigieux, mais on l'avait pris pour un clown, et il était reparti de Londres muni de quelques vagues promesses, et ayant claqué en vain tout l'argent de son associé. Lorsque Pertuiset s'était lassé de cracher au bassinet, le « tueur de lions » avait conçu l'idée saugrenue de se faire nommer généralissime des armées du roi du Dahomey. Ces fantasmagories avaient connu leur épilogue dans un marigot de Sierra Leone, où son escorte nègre avait précipité, pieds et poings liés, le natif de Pignans (Var). « On transporta le cadavre à Freetown », écrit Pertuiset dans l'éloge, d'ailleurs assez ambigu, qu'il fit de son associé, « où chacun tint à rendre un suprême hommage au hardi voyageur ; on lui fit de touchantes funérailles, et le corps consulaire tout entier, accompagné des officiers de la station navale, et suivi d'une foule considérable d'Européens et d'indigènes, escorta le convoi» : phrase qui mérite d'être citée, tant elle collectionne les pieux mensonges et les poncifs : l'hommage est «suprême», le voyageur «hardi», les funérailles «touchantes», etc. Tout au long de sa carrière aux multiples facettes, Pertuiset éprouverait une inclination irrésistible pour le lieu commun emphatique. La foule «considérable» consistait en la personne du consul de France, d'un gendarme, de deux boys et de deux prisonniers extraits de leur geôle pour faire office de croque-morts. Le consul et le gendarme portaient des casques coloniaux à bandages et de grandes moustaches, les boys et les croque-morts allaient nu-tête et glabres. Tout ça titubait sous l'effet du soleil et du vin de palme. Les assassins furent retrouvés, ou en tout cas des gueux qui pouvaient passer pour les assassins, et subirent leur châtiment, naturellement «exemplaire» (un de tes sept oncles, son boy l'avait, paraît-il, assassiné en répandant dans son cassoulet de la moustache de lion finement coupée – un peu comme s'il s'était agi de ciboulette : d'où péritonite mortelle. Cela devait se passer au bord du Niger, une vingtaine d'années avant ta naissance. Le boy avait été fusillé. Or, tu n'as jamais su ce qui avait valu à l'oncle d'être ainsi assaisonné par son boy – il faut croire qu'il avait passé les limites, pourtant larges, de ce que la société coloniale permettait aux Blancs. Tu ne sais même pas ce qu'il fabriquait sur les bords du Niger, l'oncle emmoustaché – du commerce, sans doute? Il n'était, en tout cas, pas militaire. C'est une des poétiques conséquences du temps qui passe : les témoins meurent, puis ceux qui ont entendu raconter les histoires, le silence se fait, les vies se dissipent dans l'oubli, le peu qui ne s'en perd pas devient roman, qui a ainsi à voir avec la mort). Avant d'embarquer à Marseille pour son dernier voyage, l'infortuné spahi avait posté à Pertuiset une lettre dans laquelle il lui léguait, s'il devait lui arriver malheur, son titre de « tueur de lions ». La chose est étrange, un peu comme si Manolete avait transmis sa dignité de *matador de toros* à son coiffeur, au cas où, mais c'est ainsi : Pertuiset se retrouvait « tueur de lions » sans jamais en avoir même vu un (Jules Gérard, lui, avant de connaître cette fin déplorable, en avait expédié des dizaines).

Il n'était pas, cependant, homme à laisser son titre en déshérence, d'autant que d'autres le lui auraient bien barboté. Le nommé Bombonnel, par exemple, un aventurier dijonnais dont le nom de comédie ne laissait pas présager une carrière de terreur des savanes, mais qui se flattait pourtant d'être « le tueur de panthères ». De la panthère au lion, chacun vous le dira, il n'y a qu'un pas : il fallait le prendre de vitesse, ce Bourguignon. On embarque donc sur la *Mersey*, paquebot des Messageries impériales faisant la ligne Marseille-Alger, puis, parvenu à Alger, sur la corvette *Gorgone* à destination de Philippeville. On est au tout début de 1865, en janvier ou février. De Philippeville, on se transporte dans la petite ville de Jemmapes, autour de laquelle on assure que ça ne manque pas de lions en maraude. La diligence de Philippeville a été il y a peu bloquée par deux fauves couchés en travers de la route, et prenant manifestement plaisir à effrayer chevaux et voyageurs (l'idée d'une diligence sur les routes d'Algérie paraît étrange, comme le fait qu'il ait existé là-bas une ville nommée Jemmapes – aujourd'hui elle s'appelle Azzaba. Un pays qu'on peut dire « sien », c'est peut-être ça : un pays où les images du passé se laissent convoquer sans trop de difficulté sous celles du présent. Où le paysage peut se conjuguer au passé. Tu iras jusqu'en Terre de Feu pour voir le théâtre d'autres cafouilleuses aventures du chasseur de lions, mais pas de l'autre côté de la Méditerranée : l'Algérie te semble plus lointaine que la Patagonie. Le monde physique est une sphère, pas le monde humain. Heureusement, il y a Internet, et un site qui propose des cartes postales de l'Algérie coloniale. Maisons à toits de tuiles soulignés de génoises, le long de rues se coupant à angle droit, aux trottoirs encombrés de djellabas enturbannées et de vestons à canotier, sous la courbe des palmes : voilà à quoi ressemble Jemmapes au début du siècle dernier, une quarantaine d'années après que Pertuiset y aura tué le lion que Manet peindra, allongé sur la terre bleue d'un jardin de Montmartre, un trou derrière l'œil gauche. Le Grand Hôtel-Terminus, où il descendit sans doute, est une sorte de mas sans étage, prolongé d'une véranda rustique, avec une treille, sous laquelle on distingue, mal, des individus en chapeau et short blanc. Rue Sidi-Nasar, place de Bône, rue Combes, rue Nationale, rue des Vétérans 1870-1871, sous un ciel blanc où volent des «semeuses» à cinq centimes. Sur la «vue panoramique», un inconnu a écrit : «Reçois de ton bien-aimé qui t'aimera toujours les baisers les plus doux et les plus sincères, qu'il t'envoie d'un bled d'Algérie.» Il est vertigineux de penser que ce type, qui ne fait pas de faute d'orthographe, et trace les «d» comme des delta grecs (un instit?), a vraiment existé, en chair et en os, et celle à qui il envoyait des baisers).

Pertuiset, donc, se met sans attendre en chasse : ça consiste à attacher une vache à un piquet, dans une des forêts de chênes-lièges qui couvrent les collines autour de Jemmapes, puis à attendre à proximité, planqué dans un buisson, la nuit. Commence alors une incroyable série d'échecs, gaffes, bévues, ratages, hasards malheureux – un fiasco prolongé, à épisodes. Un soir, il part accompagné d'un colon, le baron de S. Le baron, pas rassuré, se juche dans un arbre (c'est le baron perché), s'agite et fait du bruit, car il prend le cri des chouettes pour les appels d'une bande d'Arabes s'apprêtant à leur faire la peau, il a si peur qu'il chie dans son pantalon (c'est le baron embrené). Une autre fois, c'est le guide, Salah, qui se blesse accidentellement et meurt. D'où émeute au village. Les lions se jouent de lui, négligent ses appâts et vont tranquillement croûter le bétail des colons pendant qu'il planque sous la pluie, en tient-il un dans sa ligne de mire que sa carabine fait long feu, il se perd une nuit entière dans un fourré d'épineux, d'où son chien le tire, les habits en lambeaux, ce qui nous vaut cette phrase monumentale : « Les chiens valent mieux que la plupart des hommes. Ils sont intelligents et reconnaissants. » (Vialatte s'en souviendra quand il écrira : « Ce qu'il y a de meilleur chez l'homme, disait un moraliste, c'est le chien. ») Il va trouver un marabout qui, après consultation d'Allah, lui donne un tuyau en or massif : la nuit prochaine, les lions viendront boire à la source appelée « fontaine des Kabyles ». Il y est, et s'endort à poings fermés au milieu de l'affût. Au matin, il ne peut que compter les empreintes, nombreuses. Il finit par toucher un lion, mais la bête blessée s'enfuit, il ne trouve sa dépouille que quelques jours plus tard, putréfiée et déchiquetée par les vautours. Il vocifère dans un arrosoir pour imiter les rugissements du roi des animaux, peine perdue, ça n'intéresse pas les lionnes en chaleur. Les douars se moquent de lui, chacune de ses expéditions vespérales est saluée par un concert de rigolades, il se met en colère, les rires redoublent, et des lazzis en arabe qu'il ne comprend pas, mais dont il saisit le sens général. Il s'empourpre. Son énorme taille empêche qu'on lui lance des pierres, ou alors, si on le fait, c'est de loin, à l'abri derrière un muret. Chaque soir, quand le bleu commence à laver les flaques de sang du couchant, il se met en route, escorté de quolibets qu'il feint de ne pas entendre, d'enfants qui font les singes, qu'il affecte de ne pas voir. Des lueurs roses passent dans le noir des feuilles. Il porte des pantalons bouffants serrés dans des bottes ou des guêtres, une veste sanglée d'une large ceinture, avec des poches pleines de cartouches, de cigarillos et de pastilles contre la toux, il a le fusil sur l'épaule, un chapeau de feutre sur la tête, à plume de geai. Son ombre est immense. Un villageois l'accompagne, tirant au bout d'une corde une vache étique, qui s'arrête de temps en temps pour rafler une touffe d'herbe.

Après plus de cent nuits de vains affûts, il rentre en France, mais c'est un type obstiné, et il revient en novembre suivant. Une bande de quatre lions vient de se faire huit bœufs chez un riche colon, sur la route de Soukaras. La bande des quatre est menée par un énorme «lion noir», que les paysans redoutent depuis une trentaine d'années (tu ne savais pas que les lions pussent être noirs ou gris, tu croyais qu'ils étaient uniformément jaunes, jaunâtres plutôt. Mais Pertuiset est formel : le lion noir, c'est l'aristocratie des lions. Le top, dirait-on maintenant. Il te revient d'ailleurs que, dans ton enfance, il existait un cirage ainsi nommé, «Lion noir», vendu dans des boîtes rondes ouvrant au moyen d'un papillon latéral ; dans la maison de ta grand-mère, il était serré, avec d'autres «produits d'entretien» parmi lesquels, on ne sait pourquoi, le «Miror» au nom rugissant te semblait le plus prestigieux, dans un local sous un escalier, qu'on appelait «le caveau» et qui te faisait peur, parce qu'il était sombre et hanté d'araignées, et que tu avais interdiction de toucher aux substances qu'il recelait. Te menaçait-on de t'y enfermer? C'est possible, sans que tu en sois complètement certain). Un jour, un colon nommé Faufilet lui annonce que la bande des quatre a tué et à demi dévoré un cheval. Il va se poster à côté, avec un mouchoir imbibé de vinaigre de toilette attaché sous le nez, car la charogne pue terriblement: «Baudelaire lui-même, écrit-il à Manet, ne saurait donner une idée des odeurs qui se dégageaient de ce corps en putréfaction»: il a des lettres. Et là, enfin, la chance est avec lui: vers minuit, le lion noir s'attable, broyant les os dans un grand bruit de meules, grondant de satisfaction. Ni une ni deux, il lui loge une balle derrière l'œil gauche et un peu en dessous. Bonds, convulsions, rugissements terribles, terre labourée de griffes, branches cassées, le fauve blessé se jette dans les fourrés, mais il ne saurait aller loin, et Pertuiset rentre au village démantibuler un nouveau lit de camp (il en a déjà rompu une dizaine), au Grand Hôtel-Terminus ou ailleurs. Il s'endort comme une masse, ses énormes bottes aux pieds, son chapeau jeté sous le lit, il est heureux, lorsqu'il aura récupéré la peau, tout à l'heure, il pourra enfin revendiquer l'héritage du natif de Pignans (Var). Bombonnel l'aura dans l'os, si l'on ose dire. Bientôt, il rêve de lions. Ses ronflements prodigieux réveillent, dans la chambre voisine, un père blanc fraîchement débarqué de Marseille, qui n'a d'autre ressource que de se mettre à lire son bréviaire.

Seulement voilà, quand au point du jour il se présente avec une charrette sur les lieux du crime, il n'y a plus personne. Plus de lion. Des flaques de sang, ici et là, c'est tout. On cherche, on fouille les alentours, on se déchire à sillonner les épineux, rien. Macache. Le lendemain, un villageois vient en dénoncer deux autres qui ont écorché nuitamment la dépouille, dans le dessein de vendre la peau. On les convoque au bureau arabe, à Bône, ils nient d'abord puis avouent, la peau ils l'ont déjà vendue à un caïd, bref, quelques menaces et un peu d'argent arrangent tout, et Pertuiset peut confier son trophée à un certain César, taxidermiste d'occasion à Jemmapes (cet être farouche, qui passe le plus clair de son temps dans les bois, se nourrissant de cueillette et de chasse, est un exilé républicain ; Pertuiset le soupçonne d'être anthropophage, non en raison de ses convictions politiques, mais parce qu'un jour où il lui demandait quel était le goût de la chair de singe, l'autre lui a répondu sans se démonter que ça ressemblait à de la chair humaine). Manet pourra la peindre quinze ans plus tard, allongée dans le jardin de l'ancienne cure de l'église Saint-Jean-l'Évangéliste, passage de l'Élysée-des-Beaux-Arts, où habite le chasseur de lions. Elle fait quatre mètres quarante du mufle au bout de la queue, Monsieur Godde, directeur du journal *Le Jockey*, l'a mesurée. (Le passage de l'Élysée-des-Beaux-Arts s'appelle à présent rue André-Antoine. L'ancienne cure, au numéro 14, est une grande maison blanche à deux étages couronnée par un fronton flanqué de deux chiens-assis, et adossée à la pente, assez abrupte à cet endroit, de la colline de Montmartre. Lorsque tu t'y rends, une grosse mère en sort justement, refermant derrière elle la porte. Tu l'abordes le plus suavement qu'il t'est possible pour lui demander s'il y a un jardin, là, derrière. Un quoi ? Un jardin ? Elle ne sait pas (mine hautement soupçonneuse). Connasse. Côté Abbesses, derrière la maison, la dénivellation est telle que la rue passe un peu au-dessus du toit. Un escalier en béton, à ossature métallique, descend au fond d'une sorte de puits très profond, tu réussis à t'y glisser à la suite d'un habitant moins paranoïaque. Là, au fond, cette petite cour pavée surplombée par les pilotis de béton de l'église Saint-Jean de Montmartre était sans doute le jardin où, un jour de 1881, Manet fit disposer la peau du lion noir sur la terre bleue, sous les arbres aux ombres violettes). Continuons.

3

Le cheval de l'empereur lâche un crottin

Un an plus tard, à Paris, devant une porte du pavillon de Marsan, deux hommes débarquent d'un fiacre. L'un, une manière de géant, porte un grand sac de toile (du côté où il se déplie, les lames de ressort, que son poids écrasait, se détendent en grinçant), son compagnon, plutôt petit et svelte, descend en faisant virevolter une canne de buis à pomme d'ivoire. Du sac surgit, hérissée de crins noirs, une gueule aux crocs jaunâtres de sept centimètres (Monsieur Godde, du *Jockey*, les a mesurés), aux flamboyants yeux de verre (l'anthropophage de Jemmapes les a garnis intérieurement de velours rouge). Le voyage en fiacre n'a pas été une partie de plaisir, le cheval, d'abord, a renâclé terriblement, le mufle à crocs jaunes et crins noirs l'effraie, et peut-être aussi un reste d'odeur de fauve, la rosse a failli casser les brancards, et même après que le cocher l'a calmée, elle est restée méfiante et nerveuse, les oreilles agitées, des frissons sous le poil, avec de brusques paniques, des dérapages de sabots qui ont failli les faire verser. Le cocher leur a fait la course à l'œil, ce n'est pas tous les jours qu'il dépose des clients chez Sa Majesté, et puis entre anciens d'Algérie on s'entraide : or il a servi dans les zouaves sous Lamoricière, et participé, une vingtaine d'années plus tôt, à la prise de la smala d'Abd el-Kader. Sa part de butin lui a même permis de se marier avec la fille d'un tripier, dont il a eu cinq enfants, un seul garçon hélas, soldat au 32ᵉ de ligne (il mourra bientôt à Froeschwiller, le cou troué par la lance d'un uhlan), et quatre filles dont l'une fait modèle pour les artistes, du côté des Batignolles, pouvez-vous imaginer pareille saloperie, pardon, pareille trahison de tout ce que sa mère et moi lui avons appris, Messieurs ? demande-t-il à ses passagers. Le compagnon de Pertuiset sourit dans sa barbe solaire. Belle lumière d'automne, note-t-il, bleue avec des paillettes d'or, moussant autour des feuillages du jardin, derrière le Palais. Combien de temps il a passé sous ces arbres, crayonnant, esquissant, avec Baudelaire souvent… Le tableau qu'il en a tiré, songe-t-il avec cette espèce de certitude glorieuse mais dénuée de forfanterie qu'il a dans la peinture, cette *Musique aux Tuileries* où on ne voit pas d'orchestre mais d'où on croit entendre se lever le brouhaha des propos qu'échange sous les frondaisons une foule de femmes claires et d'hommes en noir, un jour on y reconnaîtra le début de la peinture moderne. Que d'outrages lui a valus ce tableau… Un énergumène a même menacé de le détruire à coups de canne. Depuis, c'est vrai, il en a vu bien d'autres. Ignoble, inqualifiable, grotesque, puéril, vulgaire, il est un habitué des insultes. Il ne cherche pas à choquer, pourtant, seulement à peindre ce qu'il voit : mais il faut de l'audace pour reconnaître ce qu'on voit, dans une femme une femme de chair et pas une Vénus de Bouguereau.

L'énorme chasseur s'est fait tailler un costume qu'il estime à la fois martial et élégant : veste de drap puce serrée à la taille, gilet réséda, cravate et pantalon de soie blanche bouffant sur des bottes d'étincelant cuir noir. Tout ça enveloppé d'une cape de soie noire à lisérés fuchsia. Ses battoirs sont gantés de pécari, sa tête est coiffée d'un chapeau de feutre gris que hérisse une plume de faisan royal, avec, supposé la protéger des ardeurs du Tropique, un bavolet battant la nuque. On dirait, songe Manet, le général Bum, ce personnage de *La Grande Duchesse de Gerolstein*, qui vient de triompher à l'Opéra de la rue Le Peletier (quant à lui, il est très élégamment mis, comme d'habitude : redingote et haut-de-forme gris perle). Les factionnaires qui montent la garde à l'entrée des Tuileries ont du mal à garder leur sérieux. Mais enfin, le laissez-passer est en règle, on introduit le général d'opérette, son ordonnance et son sac à lion. Un chambellan vient à leur rencontre, triste hère à cheveux plats que les habitudes – physiquement, mais non moralement contradictoires – de bomber le torse et de courber l'échine ont fait ressembler à un Polichinelle en habit noir. Ces Messieurs, oui, ont sollicité une audience de Sa Majesté l'Empereur, qui leur a été accordée, que ces Messieurs veuillent bien le suivre.

On avance sur les parquets que les bottes de Pertuiset font terriblement grincer, sous les lustres qui sont comme des nuages de cristal, entre les trumeaux dont les miroirs affrontés multiplient à l'infini l'image du chasseur et de son compagnon. On les installe sur un sofa perdu dans un immense salon avec quelques fauteuils et tables basses arabisantes à incrustations de nacre et de cuivre. Sur une cheminée, un cadran d'émail marque l'heure, soutenu par deux créatures de bronze assez dévêtues : deux heures et demie. Par les croisées on aperçoit les jardins, où l'automne jette des couleurs de havane et de raisin mûr. Des feuilles rouges volent autour de lions de pierre blanche. De temps en temps, des personnages qui semblent des figurants de théâtre passent en faisant craquer le parquet : officiers chamarrés, laquais, commis, dames de compagnie à robes murmurantes (de certaines, la beauté fugitive donne envie de les suivre), un petit page porteur d'un plateau sur lequel tintent des carafes, et qui rappelle quelque chose à Manet. Pertuiset a déroulé sa peau de lion, dont il veut faire présent à l'empereur, sur un tapis de la Savonnerie. Un vieux général, qui traîne distraitement son sabre d'un salon à l'autre, ajuste son lorgnon, et demande s'il s'agit bien là d'un lion. « Et comment, et de la plus redoutable espèce, répond Pertuiset : un lion noir. Très très féroce. » Le voilà qui se lance dans l'interminable

34

récit de ses affûts nocturnes. Enfin, il fait feu, boum! Les rugissements du fauve mortellement blessé, on croirait entendre la foudre dans une citerne. Les plus hardis ne peuvent se retenir de frémir. Il s'enthousiasme, se lève, va et vient, s'essaie à imiter un rugissement, un majordome affolé le fait taire. Il attrape la vieille ganache à brandebourgs par le revers de son dolman : « Croyez-moi, mon général : envoyez l'élite des jeunes officiers à la chasse au lion, et vous ferez d'une pierre deux coups : vous éliminerez des animaux nuisibles à l'agriculture, et d'une (il lâche la ganache terrifiée, déplie un pouce), et en même temps vous éprouverez le courage, le sang-froid, en un mot vous tremperez l'âme de ceux qui sont appelés à l'honneur redoutable de mener les armées de Sa Majesté ! » (Il déplie l'index.) « Intéressante idée, vraiment, bredouille la baderne en prenant la fuite, j'en parlerai à… enfin, euh… en haut lieu. » En fait de chasser le lion, il se rendra bientôt aux Prussiens, à Metz, avec tous ses officiers et son régiment, et tous les autres généraux et officiers et tous leurs régiments.

Si Pertuiset a eu l'idée d'offrir aux augustes pieds cette impériale descente de lit, ce n'est pas qu'il soit un bonapartiste à tous crins, il serait même plutôt républicain, enfin vaguement, la politique à vrai dire ne l'intéresse guère, c'est le genre de type qui a tendance à penser de tout représentant du pouvoir qu'il est forcément « une personnalité éminente »… Manet, lui, est vraiment républicain, et il déteste Napoléon III, d'autant plus qu'il a failli être tué lors du coup d'État, en décembre 1851. Il est plutôt un homme courageux, n'empêche : il se souvient toujours avec effroi de cette charge de cavalerie balayant la rue Laffitte, où il traînait avec son ami Antonin Proust. Ils n'avaient dû leur salut qu'au marchand de tableaux Beugniet, qui les avait fait rentrer précipitamment dans sa boutique : planqués là, tremblants, ils avaient entendu déferler le fracas des sabots, les hennissements des chevaux, les hurlements des blessés mêlés à ceux des dragons, le bruit terrible, qu'on n'oublie plus, des sabres fouettant l'air, ouvrant les chairs. Les cris des soldats, qu'excitaient l'alcool et la fureur de la chasse, étaient plus atroces que ceux qu'arrachaient la peur ou la douleur. Le lendemain, ils étaient allés au cimetière Montmartre voir les morts couchés sous la paille, à même la neige rougie de sang. Le ciel blanc de l'hiver, les maisons noires, les corbeaux guettant dans les arbres, fouaillant les cadavres abandonnés, le grincement des roues de charrette, la buée bleue aux naseaux des chevaux, les sanglots des femmes. Il est en train de peindre une toile représentant l'exécution, à Queretaro, de l'archiduc autrichien que la mégalomanie de Napoléon III a mis et abandonné sur le trône du Mexique, c'est un manifeste qu'il peint contre la vanité sanglante de l'empereur, il s'est souvenu de Goya et de son *Tres de Mayo*. Il l'a commencée dès qu'il a appris l'exécution de Maximilien, cet été sinistre où Baudelaire est mort, puis refaite plusieurs fois, à présent il en est à peu près satisfait, surtout de la figure du soldat à képi rouge qui arme son fusil pour le coup de grâce, bon ouvrier de la mort préparant son outil, derrière le peloton. Alors s'il est là, lui, le républicain Manet, dans ce salon des Tuileries, à attendre avec le chasseur de lions, c'est par pure curiosité. Ce n'est pas qu'il aspire à devenir un peintre officiel, certes non, il ne se sent pas l'âme d'un Meissonier, d'un Cabanel : c'est vraiment par badauderie, pour voir à quoi ressemble ce Badinguet. Quand Pertuiset, chez Tortoni, lui a parlé de son audience, il a immédiatement eu envie de l'accompagner.

Pertuiset, les buts qu'il a dans cette affaire sont très vulgaires : il espère emporter un contrat d'armement. La peau de lion, en somme, est son pot-de-vin. Car ce balourd est un inventeur, aussi, et un marchand d'armes. Il a mis au point, et n'en est pas peu fier, une « balle explosible », un projectile censé foudroyer sans rémission, et il parcourt le monde pour essayer de fourguer son invention, tirant les sonnettes, graissant les pattes, demandant audience aux altesses, courant les champs de manœuvre, intriguant pour se faire inviter aux chasses des grands, importunant et distrayant. Il est la terreur des palaces où, comme d'autres se font accompagner de leurs cannes de golf, il descend avec tout son bric-à-brac d'artisan de la mort subite. Ce qu'il appelle sa « poudrière de voyage ». Équipé de délicates balances, d'écouvillons, de canules et de pinces à sertir, de fraises et de minutieuses scies à métaux, un œilleton d'horloger coincé dans l'orbite, sous la brosse du sourcil, il verse, pèse et tasse la poudre, visse les amorces, se livre à ses petites manipulations sur les nappes damassées des suites qu'il occupe à Saint-Pétersbourg, Istanbul ou Rio. Tard dans la nuit, sous les candélabres, les flammes du gaz, ses grosses paluches s'affairent à des travaux redoutablement méticuleux. Lorsqu'ils apprennent sa présence dans l'hôtel (et comment ne l'apprendraient-ils pas, au restaurant où, cravaté d'une serviette blanche, il inonde des meilleurs bordeaux des plats de gibier en sauce, au fumoir où il carbonise des havanes, pérorant, verre de cognac en pogne, jactant, jabotant tel un énorme dindon?), les gentlemen qui occupent des suites voisines s'affolent et demandent à déménager. Si on ne peut reloger ces Messieurs, cela fait des incidents, et même des incidents diplomatiques pour peu que les Messieurs soient des diplomates. Mais on n'ose faire de remontrances au tonitruant Français, dont on sait qu'une voiture viendra le prendre le lendemain pour le mener chez le tsar, ou le sultan. En Russie, il a terrassé un ours énorme aux pieds d'Alexandre II, mais on lui a fait comprendre qu'il avait commis un impair, presque un acte de lèse-majesté, car l'usage est de laisser l'altesse tirer elle-même le roi de la forêt. À Rio de Janeiro, invité à faire une démonstration devant l'empereur Dom Pedro II, il se soûle à la cachaça, rate toutes ses cibles, laisse choir son fusil dont le coup part accidentellement, sectionnant une plume du chapeau du Grand Chambellan. La balle explosible, heureusement, n'explose pas (cela arrive). À Vienne, à Pola, il transperce à trois cents mètres des plaques de blindage sous les yeux de l'amiral Tegethoff. Ami de Jules Verne, qu'il a connu lors de la première de sa pièce *Monsieur de Chimpanzé*, il lui inspire le chapitre de *De la Terre à la Lune* sur le boulet et la cuirasse. Tout ce qui pète, fuse, fulmine, est son domaine. Il est aussi un des patrons de la maison Ruggieri, les grands maîtres des feux d'artifice.

Celui qui éclate pour la fête de l'empereur et l'Exposition universelle, quelques mois avant cette audience aux Tuileries, c'est lui qui l'a conçu. Fusées, chandelles, couronnes et fontaines de flammes. Des nuages de fumée pourpre roulent sur les toits. Dans la clinique du docteur Duval, rue du Dôme, Baudelaire agonise. « Crénom », le poète ne sait plus que marmonner ça, « crénom ». Au piano, la Hollandaise, Mme Manet, essaie de couvrir la pétarade. La grande chaleur fait luire les visages comme ceux d'idoles anciennes. Au bout de la rue du Dôme, les Invalides semblent brûler, la Seine roule de l'or fondu. Des spasmes d'incendie battent dans le ciel. On dirait qu'une armée bombarde Paris assiégé : sans le savoir, Napoléon le Petit donne le spectacle de ce que sera sa chute, trois ans plus tard. Du jardin de la clinique, muni de jumelles de théâtre, Manet suit les sillages de lumière. Sous les arbres noirs qu'un peu de vent agite, portant des odeurs de poudre, sa barbe fourmille d'étincelles. (Tu te rends au 1, rue du Dôme. Cela fait long-temps que, de ces hauteurs de Chaillot, on ne le voit plus, ce dôme des Invalides qui a donné son nom à la rue, qu'on voit aussi sur le tableau où Berthe a figuré Edma, ou Yves, accoudée au balcon de la rue Franklin, non loin de là, en robe noire, son profil de jolie renarde penché au-dessus des toits de Paris. L'idée a quelque chose de séduisant, d'une rue tirant son nom des loin-tains qu'on y découvrait, et qui ont désormais disparu derrière la croissance de la ville. On se demande, même, si ça n'a pas quelque chose à voir avec la littérature, ce nom qui parle d'une perspective effacée, qui inscrit une présence abolie. Tout a à voir avec la littérature. Un immeuble bourgeois, en brique et pierre de taille, se dresse là où fut la clinique du docteur Duval. Au rez-de-chaussée, une agence «Axa, assurances et placements». Autour de la porte cochère, une petite plaque d'émail bleu : «Gaz à tous les étages», et une autre, blanche : «Le poète Charles Baudelaire a vécu ici ses derniers jours.» Un panneau «Histoire de Paris» précise qu'il occupait au fond du jardin «une chambre bien éclairée et ornée de deux toiles de Manet», et qu'il s'est «éteint sans souffrance apparente, sa mère à son chevet» : pas de quoi se plaindre, si l'on comprend bien. Une mort de cocagne… À ce qui reste du jardin de la clinique, on peut accéder par le 28, rue Lauriston, c'est une dame à l'accent américain, habitante du 1, rue du Dôme, qui te donne le tuyau. La première porte, sur la rue, est franchie grâce à la sortie opportune de deux types assez patibulaires, crâne rasé et courte barbe, look al-Qaïda. Une deuxième porte t'est ouverte par la concierge, une nature confiante. Tu as le temps d'apercevoir un crucifix au mur de la loge. Le jardin est complètement clos par cinq côtés de façades blanches percées de hautes fenêtres derrière les rideaux desquelles on devine des intérieurs de vieille bourgeoisie austère, du genre des parents de Manet tels qu'il les peignit en 1860 : yeux baissés vers la terre où ils finiront, bouches closes en un silence que très peu de mots sans doute viendront rompre avant que tout soit dit, proches mais infiniment séparés comme presque toutes les figures que peindra cet homme si aimable, si sociable. Il y a, dans le jardin de la rue Lauriston, quelques arbres, des buissons, des bordures de rouges impatiences. Deux autres sales gueules – il faut dire les choses comme elles sont –, barbus au crâne ras, se hâtent vers la sortie. Y aurait-il une cellule dormante, comme on dit dans les journaux, sur les lieux de la mort de Baudelaire?)

Ils attendent, dans l'immense salon où l'après-midi fait plonger des rayons criblés de poussières, l'heure tourne entre les bras des femmes de bronze, muses, nymphes ou ce qu'on voudra, une heure a passé déjà, les ombres entre les arbres du jardin prennent cette teinte violette que Manet peindra, quatorze ans plus tard, derrière le chasseur de lions, et que Huysmans jugera «par trop facile». Dans son âme simple, Pertuiset s'est imaginé que l'empereur, charmé par son présent, ne pourrait manquer de lui passer commande, pour ses armées, de sa balle explosible. Il est allé un mois auparavant faire une démonstration au camp de Chalons, il a eu un peu peur dans le train car son voisin de compartiment secouait la cendre de son cigare sur un sac de voyage où il avait stocké dix kilos de poudre pour ses petites préparations. Le camp lui a «paru un enchantement», ainsi qu'il l'explique à présent à Manet, dans le grand salon où l'ombre descend sans qu'on daigne plus se soucier d'eux, «un caravansérail des Mille et Une Nuits, mon cher». Milliers de tentes, frises de chevaux et de bicornes sur l'horizon crayeux, lavé de pâles rayons, brasillement nocturne des feux, chants (barbares!) des zouaves, clairons, tambours, cliquetis énorme de toutes ces choses de métal, lames, éperons, mors, canons, culasses… La messe aux armées l'a transporté: «On a beau n'être pas exagérément calotin, vingt mille fantassins agenouillés pour l'Élévation, la cavalerie sabre au clair devant le Saint-Sacrement, ça vous a quand même de la gueule, croyez-moi, cher Maître» (cette manie du «cher Maître» énerve un peu Manet). Après la messe on l'a présenté à l'empereur, devant son chalet curieusement rayé de blanc et de bleu comme une cabine de bain. Tandis que l'Altesse à cheval le tenait sous son regard vitreux de grand lézard, l'impériale monture a lâché tout un chapelet de crottins, incident qui a un peu troublé Pertuiset au milieu de son petit compliment. Puis on a bu du champagne avec les envoyés du roi de Siam qui l'ont bien fait rire avec leurs nattes et leurs courbettes à répétition, a-t-on idée... Le lendemain, un aide de camp l'a prié de faire une démonstration, et comme ce jour-là, il était sobre, que les balles qu'il avait fignolées sous sa tente, jusqu'à une heure avancée de la nuit, ont bien voulu exploser, il a démantibulé à deux cents mètres toute une rangée de mannequins. Les Siamois n'en revenaient pas. Il faudra qu'il songe à aller démarcher le roi de Siam.

Il faudra qu'il y songe sérieusement, en effet, car du côté des armées impériales, l'affaire a l'air bien compromise. Il fait sombre à présent dans le salon des Tuileries où des laquais commencent à allumer le gaz, jetant des regards méprisants vers ces deux cloches avec leur descente de lit, qui s'imaginent encore que Sa Majesté va les recevoir. Un soleil couchant flamboie à travers les frondaisons qui ont vu la fuite de tant de rois, et qui verront bientôt celle de l'impératrice, la très bigote et très coquette Eugénie. Ces arbres noirs contre le ciel rouge, sous lesquels j'ai peint la vie moderne, songe Manet, bien mieux, bien plus décisivement, n'en déplaise à ce pauvre Baudelaire, que son Constantin Guys, ces arbres ont vu tomber les rois comme feuilles mortes qu'on ramasse à la pelle. Bas de soie, souliers à boucles, pantoufles de vair, robes de satin, perruques poudrées, épées damasquinées, jeunes princes, majestés, dames de compagnie, autant en emporte le vent. Le

10 août 1792, à l'aube, sous les feuilles qui commencent à jaunir, d'où dégoutte la rosée, ce sont Louis XVI et sa famille qui fuient l'émeute, Marie-Antoinette serrant ses enfants dans ses amples jupes, lui impassible comme toujours, lent et lourd, même lorsque la populace, sous la terrasse des Feuillants, le salue du nom de «gros cochon», lui, le roi! Le roi pour quelques heures encore. Entre les feuilles qui commencent à jaunir, dans le jour qui se lève, les oiseaux se taisent, affolés par la fusillade. Puis c'est le tour de Marie-Louise et du roi de Rome, sous les frimas, alors que les premiers bourgeons crèvent la peau des branches, mauves, laqués, obscènes. Puis, un an plus tard, c'est le podagre Louis XVIII et toute sa valetaille noble, cloutés de bijoux, bagousés, de l'argenterie plein les poches, des pièces d'or cousues dans leurs basques – leurs habits si lourds que les coutures en craquent. C'est à minuit, le dimanche des Rameaux qui vit le Christ entrer à Jérusalem, que le roi quitte les Tuileries, fuyant le retour de l'ogre corse. Les hautes cheminées du palais crachent des tourbillons d'étincelles qui illuminent la pluie, ce sont les papiers qu'on brûle, Chateaubriand puis Aragon raconteront ça. En juillet 1830, toute sa morgue n'empêche pas Charles X de fuir comme un royal lapin par les allées du jardin que l'été empoussière, sous les vertes frondaisons, juste avant que la foule ne pille le château. Le 24 février 1848, Louis-Philippe hagard, écroulé dans un fauteuil, semble ne pas entendre la fusillade qui crépite vers le Palais-Royal, ni

les admonestations des ministres qui lui disent qu'il faut partir, «Sire, il faut partir», soudain il revient à lui, arrache épaulettes d'argent, grand cordon, décorations et, nouveau Richard III, commande «un chapeau rond! une redingote!», et bientôt voilà un vieux bourgeois aux bajoues tremblantes qui se hâte par les allées enneigées, entre les branches noires de l'hiver où volent des corbeaux. Parvenu essoufflé sous les lions de pierre qui gardent l'entrée de la place Royale, sans la moindre vergogne il fait descendre Mesdames de Joinville et de Nemours d'un fiacre pour s'y jeter lui-même avec la reine. Victor Hugo raconte ça magnifiquement. Finalement, songe Manet, c'est le gros Capet qui aura été le plus digne.

Mais voici qu'un chambellan vient, cérémonieux et secrètement insolent, les avertir que Sa Majesté, à son grand regret, ne pourra pas les recevoir, «Et pourquoi donc?» s'emporte Pertuiset, à quoi l'autre, carrément méprisant cette fois, répond qu'il n'y a pas de pourquoi. Le géant est sur le point de faire sauter les dents du larbin, mais Manet le retient, ensemble ils roulent la peau, quatre mètres quarante du mufle au bout de la queue, Monsieur Godde, du *Jockey*, l'a mesurée – «En fait de mufle, maugrée le chasseur de lions, j'en connais un qui porte mouche et moustaches cirées. – Vive la République, *mon cher*, lui glisse Manet. – Ah ça, fichtre oui, pour le coup: vive la République!» (Quelques années encore et au début de la Semaine sanglante une troupe menée par un sergent de ville révoqué, un garçon boucher et un typographe répand pétrole et goudron dans les Tuileries, qui brûlent pendant trois jours. On finira par raser leurs ruines noires. Aujourd'hui, il ne reste rien de ce palais qui vit la fin des rois, où siégea la Convention : aucune trace, pas même une plaque commémorative, seulement un nom, à quoi rien ne correspond. Le *Dictionnaire historique des rues de Paris* t'apprend qu'une plaque d'égout a longtemps marqué le centre approximatif de ce qui fut la Salle des Maréchaux : mais même cette triviale balise a disparu avec les travaux du Grand Louvre. Les voluptueuses femmes de Maillol roulent leurs rondeurs de bronze à l'emplacement des anciens appartements royaux et impériaux. L'avenue du Général-Lemonnier suit le tracé de la terrasse du palais. Nul ne sait qu'elle s'appelle ainsi (c'est surtout un souterrain), ni que ce général Lemonnier, refusant de se rendre aux Japonais, à Lang Son en 1945, fut par eux décapité. L'idée, certes, eût paru saugrenue aux généraux du Second Empire, qui, en foule, se rendront sans combattre à Metz.)

4

Chiures de cormorans

Dans la rade de Colón, il divertit les passagers du
paquebot en faisant feu contre des requins qui, « de tous
les squales, sont les plus dangereux ». Depuis le train
qui traverse l'isthme, il canarde les singes, cigare au bec.
À Panama, il assiste à une révolution. Les insurgés sont
noirs, portent des uniformes de fantaisie, des sabres et
des machettes, des mousquets espagnols, ils chantent et
jouent de la guitare, les femmes ont des fleurs dans les
cheveux, lorsqu'elles se penchent pour fondre des balles
on voit leurs beaux seins ombreux, on rejoindrait volontiers leur parti. Les soldats gouvernementaux ont des
pantalons dépareillés et vont pieds nus, mais ils ont
de meilleurs fusils, ce sont eux qui l'emporteront (la
Révolution est toujours assassinée !). Il embarque sur
le vapeur *Chimborazo*, la mort en mer d'une jeune fille
lui tire des larmes, c'est un gros sentimental, il débarque
à El Callao, au Pérou, à la fin de l'année 1870. Il n'est
pas seulement inventeur, il est aussi trafiquant d'armes,

il a en cale trois mille fusils Martini-Henry et des caisses de «balles explosibles», qu'il espère vendre à l'un ou l'autre parti de ce pays où les élections se décident en batailles rangées. (Ce système présente, par rapport à des modes de scrutin supposés plus démocratiques, des inconvénients mais aussi des avantages : aucun trucage, aucune contestation possible. Prenez le colonel Galvez, par exemple, un des chefs du parti echeniquiste (à moins que ce ne soit le parti pardiste) : alors qu'il déambule avec des amis politiques, près de Santa Rosa de los Padres, à Lima, il rencontre un groupe du parti opposé (pardiste, donc, à moins qu'il ne s'agisse d'Echeniquistes) qui s'en prend aussitôt à eux à coups de revolver. Or, un malheureux hasard fait qu'ils vont, ce jour-là, sans armes. Alors que Galvez, du haut de son cheval, proteste qu'ils sont gens pacifiques, qui ne veulent rien d'autre que voter librement, les Pardistes (ou les Echeniquistes), le tirant par une botte, le jettent à terre. «¡Cobardes!» crie-t-il, mais déjà un coup de pistolet en plein visage lui coupe la chique, puis chacun sur lui décharge son arme ou brise son gourdin, l'un lui monte sur la gorge tandis que deux autres traînent une énorme pierre et la lui laissent tomber sur la poitrine, faisant jaillir les boyaux : eh bien, pour contestable que soit la méthode, nul ne peut mettre en doute la victoire des Pardistes (ou bien des Echeniquistes). Bref, Lima est une ville où un marchand d'armes peut raisonnablement escompter se faire un petit bénéfice.

Et c'est bien l'honnête espoir que caresse le chasseur de lions.)

El Callao, dans ces années-là : voiliers en rade, par dizaines, chargés de guano ou de coolies importés de Chine pour remplacer les esclaves sur les plantations. Va-et-vient des chaloupes, des allèges, devant le fort Real Felipe. Puanteur indicible des cales où fermente l'excrément animal, où croupissent les malheureux déportés. Horreur des transports depuis Hong Kong ou Macao. C'est *Typhon* tous les jours, et bien pire. Le voyage dure souvent six mois, il arrive que la moitié de la «cargaison» meure, beaucoup se suicident. On lit souvent dans la presse des nouvelles comme celle-ci, du 23 janvier 1871 : «La goélette *Sea Lion* apporte la déplorable nouvelle de l'incendie et du naufrage du trois-mâts barque salvadorien *Uncowah*. Le 29 octobre, onze jours après avoir quitté la mer de Chine, le *Sea Lion* est tombé sur un canot de l'*Uncowah* près de l'île de Gran Natuña. Les rescapés ont raconté que l'*Uncowah* avait quitté Macao pour El Callao le 9 octobre, avec cinq cent soixante-deux coolies à bord. Voyant que certains Asiatiques tramaient une mutinerie, le capitaine Don José Rossiano les fit enfermer dans la cale, le 20 octobre. La nuit même, ils préférèrent se suicider en allumant le feu. En peu de temps le bateau fut dévoré par les flammes. Presque tous les coolies – quatre cent cinquante – sont morts dans l'incendie.» Les Chinois qui survivent à la traversée travaillent aux

49

plantations, ils ne sont pas mieux traités que ne l'étaient les nègres. La mer rejette des corps mutilés, on en retrouve dans le lit des torrents, pendus aux arbres, jetés dans des terrains vagues, de sinistres charrettes traversent Lima la nuit, chargées de cadavres nus, sillonnés de coups de fouet. Lorsqu'ils se révoltent, et c'est fréquent, on envoie contre eux les soldats. Bref, comme l'écrit *El Nacional*, « de toutes les immigrations possibles, l'asiatique est de la pire espèce ».

Le *Chimborazo* mouille en rade, les passagers débarquent en chaloupe, les malles et la cargaison sur des allèges tirées par des remorqueurs empanachés de grasses fumées de charbon, sur l'une d'elles on descend aussi les cages des quatre lions du cirque Courtney & Sanford, extrêmement amoindris par le mal de mer, et qu'accompagne leur dompteur, Mr Daniel Crocker. Pendant toute la traversée, Pertuiset n'a cessé de lui donner des conseils sur la manière d'en user avec les fauves, si bien qu'à la fin, excédé, Crocker l'a menacé de l'enfermer avec eux. Un Polonais du nom de Malinowski l'accueille sur le quai de la douane (là même où, au début du *Temple du Soleil*, les Dupond/t apprennent aux dépens de leur chapeau melon en quoi consiste le guano). Ce « gentleman accompli sous tous les rapports », ingénieur principal de l'entrepreneur américain Henry Meiggs, est le constructeur du chemin de fer transandin, le plus haut du monde. Pour lui des bateaux attendent en rade, chargés de rails, d'autres encore, mouillés très au large, arborent à leurs vergues le pavillon rouge signifiant qu'ils transportent des marchandises dangereuses : caisses de nitroglycérine. Avec un tel interlocuteur, Pertuiset va pouvoir parler détonateurs, mines, explosifs, un de ses sujets de conversation favoris. (Un jour, tu tombes sur le buste de l'*ingeniero polaco*, c'est dans l'ancienne gare de Desamparados, derrière le palais présidentiel. Eh bien, il n'avait pas l'air d'un marrant : joues creuses, moustaches tombantes, cernes profonds. Carrément sinistre. C'était pourtant, sans le savoir, le futur sauveur de Tintin. Souvenez-vous : sur les traces de Tournesol et de ses ravisseurs, Tintin et Haddock empruntent ce train ; et lorsqu'on leur fait le coup classique du wagon dételé, Haddock saute tout de suite, mais Tintin, parti à la recherche de Milou, laisse le wagon prendre une vitesse effroyable, et il ne doit son salut qu'au fait que la voie passe sur un de ces viaducs aux vertigineux pylônes métalliques, œuvre de l'ingénieur Malinowski. Loin en dessous, chance, un torrent, Tintin n'hésite pas, saute, fox-terrier sous le bras, il ressort bientôt du courant écumant, même pas mouillé. Ce doit être, songes-tu, parce que Pertuiset avait un côté Tintin, un Tintin raté, farcesque, volumineux, ce doit être par ce côté paillas-sesque qu'il plaisait à Manet (en fait, avec sa grosse moustache et son espèce de chapeau melon à plume, son air emplâtré, c'est plutôt à un des Dupond/t qu'il fait penser). Tu erres dans Lima sous un soleil qui, comme dans la chanson de Mac Orlan, « vous tue comme à bout portant » : tu as des cloques en plein front, d'où suinte une sorte de résine, et le haut du crâne comme passé au four. Tu n'es pas loin d'être d'accord avec Melville qui trouvait Lima « la ville la plus étrange et la plus triste du monde » (*Moby Dick*, chap. 42).

Tu habites à Miraflores, comme tous les gringos. Même le Pacifique est moche, vu du haut de falaises qui paraissent faites de poussière tassée : lentes vagues blanchâtres, crémeuses, sur lesquelles les surfeurs semblent des mouches dans du lait bouilli ; à travers la brume de chaleur, on devine des reliefs jaunes (couleur de lion, en fait) qui sont peut-être des îles. Dans la rue, des panneaux, *Sientase seguro*, invitent à se sentir en sécurité, mais les barbelés électrifiés et les ponts-levis des villas suggèrent que tout le monde ne partage pas ce sentiment. Dans le centre, ce qui reste de la vieille ville espagnole est envahi par la pacotille internationale, godasses, électronique, sapes, *compra oro*, *joyas*, tout ça dans des effluves de fast-food et des tonitruances disco. Tu te reposes du bruit et du soleil dans l'église de la Merced. Combien les vulgarités du paganisme catholique te paraissent belles, touchantes, en regard de celles du commerce mondialisé… Vierges rutilantes, Christs sanguinolents, enfants Jésus à la tête hérissée d'aigrettes dorées, saintes poupées couronnées, enjuponnées, au fond de châsses de verre éclairées au néon, comme des poissons exotiques dans un aquarium. Non, entre Lima et toi, ce n'est pas le coup de foudre. Heureusement, il y a le *señor* Rafael, qui te conduit tous les jours à la Bibliothèque nationale, à travers des immensités d'autoroutes urbaines, de publicités géantes, de dépotoirs et de tours de verre miroir. Sa bagnole est une offense à la sécurité routière, son espagnol édenté parfois difficile à reconstituer, il te roule un peu mais pas trop, et pour ainsi dire d'un commun accord, enfin vous vous entendez bien. Tout en te menant à la Bibliothèque, qui là-bas, c'est normal, se dit BNP, et se trouve entre l'*avenida* Poesía et l'*avenida* Aviación (Apollinaire aurait aimé cette situation des livres, entre poésie et aviation, Cendrars aussi : « *¿ Conoces?* tu connais ? » demandes-tu à Milagros, en compagnie de qui tu t'enfiles des *piscos sour* au bar magnifiquement décati de l'hôtel Colón, et justement Apollinaire, *sí*, elle connaît, tu as de la chance, décidément), tout en s'efforçant de passer des vitesses récalcitrantes le long d'Arequipa puis de Javier Prado, le *señor* Rafael te crachouille entre ses chicots l'histoire fabuleuse de sa famille.

Un ancêtre à lui, maternel, originaire de Vigo, un petit Galicien débrouillard, est devenu, dans les années 1840, le roi du guano : autant dire, le roi de la merde, et aussi bien de l'or (c'est très freudien ?). Le guano, on ne faisait pas mieux comme engrais, il y avait bien la merde humaine, aussi, « Victor Hugo y consacre tout un chapitre des *Misérables*, tu vois ? » demandes-tu à Milagros, mais non, elle ne voit pas, elle ne peut pas tout voir. Victor Hugo, oui, d'accord, mais ce chapitre des *Misérables* sur l'amélioration de la condition populaire par l'utilisation de la merde dans l'agriculture, eh bien non. Enfin, l'aïeul du *señor* Rafael avait obtenu la concession de ces îles où, pour une raison qui t'échappe, les oiseaux de mer du monde entier, du Pacifique en tout cas, cormorans et autres pélicans, viennent chier, de toute éternité. Des photographies montrent ça (rappelant un peu celles qu'aujourd'hui on voit de mines sauvages en Amazonie) : des hommes juchés sur d'immenses, ployantes échelles, attaquant au pic des falaises de fiente, au-dessus de la mer où des dizaines de grands voiliers attendent de recevoir leur pestilentiel chargement. Le premier bateau qui avait appareillé vers l'Europe avait dû jeter sa cargaison à la mer, à la hauteur des îles Falkland, tant l'odeur était insupportable. Mais après, on avait trouvé la parade, ou bien alors les marins s'étaient habitués, le *señor* Rafael ne sait pas, toujours est-il que son ancêtre était devenu riche au point d'envoyer son fils et sa fille faire leur éducation mondaine à Paris : ils y roulaient calèche, allaient vêtus de soie noire et d'organdi blanc, se gargarisaient au champagne, prenaient des leçons de français et de piano (elle), fréquentaient les cafés des Boulevards, les courses et les théâtres (lui). Et sans doute aussi les maisons. Ce gommeux péruvien, songes-tu (cependant que Rafael, tenant le volant étroitement serré contre sa maigre poitrine, comme un paysan d'autrefois, un paysan de Millet, mettons, tiendrait son chapeau, mâchonne qu'il avait même dîné, un soir, avec Napoléon III), ce gandin qui devait s'asperger d'eaux de toilette anglaises pour faire oublier l'origine nauséabonde de sa fortune, a peut-être croisé Manet au Café de Bade, il pourrait être un des anonymes hauts-de-forme qui luisent comme des scarabées noirs (des bousiers!) sous les arbres de la *Musique aux Tuileries*. Tout ça n'avait pas duré, il avait fallu rentrer au Pérou, bientôt la guerre avec le Chili avait éclaté, et Hernán (c'était son nom) avait trouvé une mort héroïque, forcément, à Arica. C'était en fin de compte un Français, Albert Dreyfus, qui avait hérité du merdeux empire, cependant que la famille du *señor* Rafael dégringolait continûment l'échelle sociale, jusqu'au niveau où il végète à présent, essayant de faire avancer sa lamentable Ford dans les embouteillages de Javier Prado. L'évocation de ces fastes disparus, cependant, ne semble pas lui causer d'amertume, bien plutôt une enfantine fierté. Heureusement qu'à Lima il y a le *señor* Rafael, et Milagros, qui est un peu soûle maintenant, et toi aussi, au bar *venido a menos*, «venu à moins», comme on dit joliment en espagnol, de l'hôtel Colón. Milagros travaille à la BNP, elle est Samba, métisse d'Indien et de Noir, elle a des yeux effilés, des dents éclatantes, des lèvres comme de petites vagues, des cheveux torsadés de cuivre noir, de petites taches de café sombre sur sa peau café au lait, on ne peut se retenir, la voyant, de fredonner intérieurement un air célèbre de Gainsbourg. On ne peut se retenir non plus d'essayer de la draguer. C'est difficile de draguer quand on a au milieu du front une cloque d'où suinte une sorte de résine ambrée, et le sommet du crâne comme passé au four, que tu protèges, dans la rue, sous une grotesque casquette à longue visière ornée d'une verte feuille de coca. C'est difficile, mais on y arrive, en parlant beaucoup.)

À Lima, Pertuiset descend à l'hôtel de la Maison Dorée, *portal* de los Botoneros. Il l'a choisi parce que c'est un des établissements « select » (comme il dit) de la ville, et surtout parce que le nom lui rappelle la célèbre Maison Dorée du boulevard des Italiens, où il a gobé des montagnes d'huîtres, séché des caisses de bonnes bouteilles, cassé des verres, fait rougeoyer la braise et bleuir la fumée de centaines de havanes, flatté de sa large main des culs dodus sous le satin, des jambes douces sous la soie, brillantes, fuyantes comme de beaux poissons, des épaules crémeuses, braillé ses histoires de duels, d'altesses, de bonnes fortunes… Il s'y est colleté un soir avec un aristocrate anglais sadien qui habite de l'autre côté du boulevard, au-dessus du Café de Paris – un homme à tête enflée de batracien, grand fouetteur, grand collectionneur d'érotiques, qui osait lui demander s'il ne pourrait pas lui ramener, d'une de ses chasses en Afrique, de la peau de cuisse de jeune fille, prélevée sur le sujet vivant, il insistait bien, vivant, parce que des peaux de cadavre, il en avait autant qu'il voulait, mais ça ne faisait pas du tout le même effet. Souvent, il s'est effacé dans l'escalier pour laisser passer Flaubert, les frères Goncourt, Théophile Gautier, Nadar, le plus grand mangeur d'huîtres de Paris, des gloires littéraires ou artistiques pour lesquelles il éprouve une naïve admiration : il sent qu'il y a chez ces esprits-là quelque chose de délié qui lui sera toujours étranger. Sa lourdeur, il lui arrive d'en être conscient, et qu'elle l'embarrasse et l'attriste. Elle lui rend des services, aussi. C'est à la Maison Dorée qu'il a rencontré Manet, à l'époque du scandale d'*Olympia*. Il était un peu gris, et puis il n'a jamais été timide : il a ouvert par erreur la porte du cabinet où le peintre soupait avec Zola et quelques autres, il est entré et s'est assis parmi eux un moment, sans gêne, il a même osé demander au « cher Maître » des conseils pour peindre. Car il taquine le pinceau, aussi – il brosse des scènes animalières, évidemment, des lions, des tigres, des animaux nobles, l'équivalent dans le règne animal des « personnalités éminentes » qu'il aime à rencontrer dans la vie sociale. Mais il sent que sur la toile aussi il est lourd. Ses fauves ont l'air empaillés. Ses tableaux, à peine en voudrait-on au Muséum, pour faire un fond de décor africain. Les *Chasses* de Delacroix, ces furieux tumultes, ces décharges de couleurs, jamais il n'approchera de ça. Peindre un lion, c'est plus difficile que d'en tuer un (même si, il en sait quelque chose, ce n'est pas très facile non plus d'en tuer un). La « vulgarité » dont l'académie, les critiques, le goût du temps accusent Manet, il sent bien qu'elle est d'une essence infiniment supérieure à sa propre vulgarité, il devine que la sienne n'est que faiblesse là où celle de l'*Olympia* est audace et vérité, mais tout de même… il espère vaguement être de ce côté-là. Loin, mais de ce côté-là. S'il rencontrait Monsieur Bouguereau, Monsieur Meissonier, il n'irait pas leur parler, non. Ce sont des gens qui peignent trop bien, pas assez franchement. Mais le peintre de l'*Olympia*… Son insatisfaction, sa naïveté, sa balourdise ont touché Manet, ils sont restés amis.

(Tu ne vas jamais sur les Boulevards. Pour voir, tu y fais un tour. Sur les Italiens, entre les rues Taitbout et Laffitte, la Maison Dorée abrite des bureaux de la BNP – la banque, cette fois. Au-dessus des arcades du rez-de-chaussée, chiens, sangliers, boucs, oiseaux, cerfs, tout un bestiaire de pierre enragé se poursuit, se mord, se prend à la gorge, s'éventre. Ces chasses sauvages, penses-tu, devaient exciter l'imagination de Pertuiset. Des ferronneries dorées rappellent l'ancien nom du lieu. La façade, «conservée», est un pur masque posé sur la cage de verre opaque à l'intérieur de laquelle des types en bras de chemise, nœud de cravate desserré (on imagine), au visage baigné par la lumière blême des écrans, échafaudent des opérations mirifiques comme les «subprimes», prennent des «positions» sur des «arbitrages»: la vraie vie, quoi. Non loin de là, sur les Capucines, on reconnaît la carcasse métallique du Palais de Cristal de Nadar, où eut lieu la première exposition des «impressionnistes», mais le jardin suspendu qui le couronnait a été remplacé par un hideux éteignoir de vitres miroirs. L'imposture, le faux, le toc, ne se gênent pas. La vie de ce quartier, qui fut celui de l'esprit et du sexe – du vice, dirait Zola – s'est réfugiée dans les coffres-forts, et dans une esthétique de banquiers. Grilles et portes colossales, colonnes, châteaux kitsch, temples néo-égyptiens, immeubles-bunkers. Le Marivaux, brasserie qui propose fondue et raclette, doit être l'ancien Café Anglais, où Nana va manger des huîtres. En face, il ne reste rien du Café Riche, où Bel-Ami en fait autant. Rouge et or, hideuse, la Taverne Kronenbourg tient lieu du balzacien, du zolesque Tortoni. Et le Café de Bade, où Manet se tenait tous les soirs, qu'est-il devenu ? Est-ce le Gramont ? Ces lieux vulgaires, banals, entre Chaussée-d'Antin et Richelieu-Drouot, il est difficile de croire qu'ils furent un centre du monde.)

À Lima, Pertuiset ronge son frein. Pardistes et Echeniquistes le courtisent, les uns et les autres sont inté-ressés par la marchandise, les enchères montent, mais en attendant les caisses de Martini-Henry et de munitions « explosibles » sont coincées en douane, et l'inspecteur général de l'armée, le colonel Tomás Gutiérrez, qui compte bien rafler la mise, le fait tourner en bourrique. Un jour, il lui déclare que ses fusils sont des pétoires dont même les Boliviens ne voudraient pas, le len-demain qu'il va peut-être les lui acheter, pour lui rendre service, mais alors à un prix ridicule, un autre jour encore il a réévalué son offre, mais il prétend lui faire payer des droits de douane exorbitants. C'est un moustachu épais et ignorant, mais non dépourvu d'une intelligence brutale, muni de trois frères, Silvestre, Marcelino et Marceliano, également colonels, qui ne valent guère mieux que lui : l'un est un peu plus rusé, l'autre plus athlétique, le troisième est borgne, tout le monde les redoute, à commencer par le président de la République, qu'ils ne vont d'ailleurs pas tarder à assassiner, mais patience. Tomás a coutume de porter, en plus de son sabre, un fouet passé dans la ceinture, cela campe le personnage. Il est ignorant, mais pas au point de ne pas savoir lire. Ce n'est pas un génie, mais il est tout de même très capable de tirer parti de ce qu'il apprend, il a une sorte de ruse paysanne. Il lit les journaux, et ce qu'il y apprend, ce sont les désastres français. Tiens, cela peut servir… Les nouvelles d'Europe mettent un bon mois à parvenir jusqu'à Lima par le bateau de Panama ou par celui qui emprunte le détroit de Magellan. Il reçoit Pertuiset dans son bureau. Il l'a fait attendre une heure. Il fume un cigare, n'en offre pas à son hôte. Qu'à cela ne tienne, le chasseur de lions en tire un de sa poche, l'allume, souffle la fumée vers le colonel, qui lui jette un regard mauvais, tire le fouet de sa ceinture, joue un moment avec, finit par le poser sur son bureau, sur lequel sont déployées les feuilles d'*El Nacional*. Il feint de parcourir à haute voix des rubriques inintéressantes, des nouvelles locales, des annonces, comme s'il y cherchait quelque chose. Il sait très bien que l'autre a déjà lu le journal, et comprend où il veut en venir, et se morfond. Il se plaît à faire durer le jeu.

« Vous permettez que… *¿ Que noticias hoy ? Veamos…* Mariano Fernández, fort et robuste comme un taureau, viole la fille d'Eva González, timide et craintive comme une colombe. *¡ Que vergüenza !* Cosme Neira tue à coups de bâton son fils Eugenio, crime qui épouvanterait une bête féroce. Les gens n'ont plus de morale. Tout ça vient d'Europe. Tenez : première représentation de *Barbe-Bleue* d'Offenbach à El Callao. Qu'est-ce que je vous disais… *Con la señorita Geraldine.* Une œuvre française, bien sûr. Tout ça met des mauvaises idées dans la tête du peuple. » Il s'exprime lentement, avec peu de mots. Il a de petits yeux cruels, mobiles, des yeux de furet, pense Pertuiset. Ah, l'affût du lion dans les collines de Jemmapes, la nuit, c'était autrement confortable… Il transpire, s'essuie le front avec un mouchoir, se torche les mains. Peut-être le soleil lui a-t-il timbré le front d'une cloque d'où suinte une espèce de résine ambrée, et l'autre a fait à ce sujet des plaisanteries discourtoises ? Le colonel appelle son ordonnance, lui ordonne d'apporter une bouteille de pisco. Plateau d'argent, verres tintinnabulant, flacon de cristal, garde-à-vous. Il lui sert une grande rasade. « Une boisson d'hommes, ça, *¡ hombrrrre !* » Il veut me soûler, pense Pertuiset. Mais il est obligé de boire, s'il ne veut pas perdre la face. Passer pour un *maricón francés* (lui ! un pédé !). « *¡ Salud !* » Ils boivent. L'autre rote, s'essuie les moustaches, reprend sa comédie des nouvelles, s'approchant lentement, circulairement, de son but. «¡*La puta!* Si vous aimez la magie, *señor* Perrtouisset, vous allez être servi.» Il lève des sourcils interrogatifs. Bien sûr qu'il aime la magie, Pertuiset, c'est un grand enfant. N'empêche qu'il aimerait bien écrabouiller ce Tomás Gutiérrez, mais il sait que ce serait une erreur, une grave erreur. Il opine donc avec enthousiasme. «Écoutez plutôt: on annonce l'arrivée, par le vapeur du détroit, d'*el Brujo*, un magicien très célèbre dans le monde entier mais encore inconnu ici.» Il lit lentement, en suivant ligne à ligne d'un index aux phalanges velues. «Le Cagliostro du Río de la Plata prend un homme, lui fait sauter la tête avec un sabre, recueille le sang, en fait des boudins, les mange en les arrosant d'un verre de vin. Pendant ce temps-là, la tête rit, parle, fume, répond à toutes les questions qu'on lui pose. Qu'en dites-vous? Voilà qui est fort, non? Vous avez déjà vu des têtes de décapités, *señor* Perrtouisset? Non? Moi pas mal, et souvent par ce sabre (il tapote la garde de son sabre), eh bien je peux vous garantir qu'elles ne rient pas, pas du tout. Oh, mais voici qui vous concerne!» Il en vient au fait. Il étale largement le journal, pose dessus ses pattes bagousées.

«Les nouvelles ne sont pas bonnes, je vous préviens.» Il affecte un air désolé (un rôle dans lequel il a du mal à rentrer). «Pas bonnes du tout, même. Je vous lis.» Il se racle la gorge, se tourne sur le côté, crache par terre, étale le glaviot du bout de sa botte. Pertuiset veut signifier que c'est inutile, qu'il a déjà lu le journal, mais l'autre feint de ne pas le voir. «Le vapeur *Chile*, venant de Panama, Guayaquil et Paita, a mouillé à El Callao avec les nouvelles suivantes: les Prussiens sous les murs de Paris, coupée du reste du monde. Bazaine encerclé dans Metz. Mac-Mahon serait mort. Bismarck déclare que Paris sera bombardé, et même incendié s'il le faut. Eh bien… *Lo siento, señor* Perrtouisset. Je regrette pour vous. Cela doit être dur d'être loin de son pays dans des heures pareilles. On doit se sentir un peu comme un… comme un déserteur, non?» Le salaud vise juste. «Vos fameux fusils, vous vous dites, j'en suis sûr, qu'ils seraient peut-être plus utiles sur les murs de Paris qu'à la douane d'El Callao… Oh, attendez, il y a un récit de la reddition de votre empereur. *¡Muy… pintoresco!* Très… pittoresque. Ils disent que Napoléon III a ôté son chapeau pour saluer Guillaume en allemand, que l'autre, casqué, en uniforme de général, marchant de long en large, ne lui a même pas répondu. Ah! Courtoisie française… Attendez… À la fin, il lui lâche juste qu'il a choisi la forteresse de Spandau pour lieu de sa prison. "Sire…" balbutie votre Napoléon, et l'autre, frappant le sol de son sabre: "J'ai dit, Monsieur." Eh bien dites donc! Pour en revenir à notre affaire, vous comprenez bien que des armes françaises, en ce moment… malheureusement… elles sont un peu… dévaluées. – Mais les Martini-Henry sont des fusils anglais… » murmure Pertuiset, transpirant à grosses gouttes, au comble de l'humiliation. Un ordonnance pousse la porte, salue, claque des talons. « Excellence… le peloton est à vos ordres. – Eh bien, qu'il attende un instant. Le *chingao* est si pressé ? » Il éclate d'un gros rire : « Un déserteur qu'on a repris et qu'on va fusiller ce matin. Le fils de pute était devenu bandit de grand chemin, rançonnait les voyageurs dans le *valle* de la Magdalena. Je suis sûr qu'il sera d'accord pour attendre la fin de notre petite conversation. Il vous en sera reconnaissant, même. » Le chasseur de lions a un peu honte de son rire. Le métier de trafiquant d'armes n'est pas facile, quelquefois.

5

Victor Hugo mange du rat

À l'horizon, du côté du Bourget, de Montmorency, brûlent des villages. Au nord, à l'ouest, cela fait de grandes roses rouges dans la nuit. On vient voir cela en famille, depuis les hauts de Montmartre ou de Belleville. Les obus laissent de brefs sillages de lumière. De temps en temps, loin, une maison s'écroule sous une colonne d'étincelles. Les enfants ont un peu peur, pas longtemps, pas tant que ça. Lorsque éclate le gong du canon, ils courent agripper les jupes de leur mère, puis ils retournent jouer. Les Parisiens de ce temps ont l'habitude de la poudre. Le spectacle de la guerre est plus beau et excitant que le théâtre, et gratuit. Les loueurs de jumelles, de longues-vues, font des affaires. La fin de cet été 1870 est magnifique, un grand ciel bleu le jour, où l'artillerie peint de petits nuages pommelés, des nuits étoilées et douces. Le raisin des vignes de Montmartre est mûr avant l'heure. Des estaminets se sont installés aux points dominants, des cabanes de planches où l'on débite du gros rouge, des chanteurs des rues poussent la rengaine, des femmes comme celle que Manet a peinte il y a longtemps déjà, sortant d'un cabaret, petit chapeau en tête, guitare sous le bras, s'empiffrant de cerises. C'était Victorine, la future Olympia, qui lui avait servi de modèle : cheveux roux, yeux ronds, sourcils comme des antennes, air impavide. Que d'insultes il aura valu à cette malheureuse ! Cadavre décomposé, gorille femelle, laideron, souillon livide, Vénus hottentote… Ce n'est pas facile de peindre contre les conventions de son temps, ce n'est pas facile non plus d'être peinte. Victorine tenait ce rôle à merveille, avec une souveraine indifférence. Où est-elle à présent ? Partie en Amérique, sans laisser d'adresse…

Au-delà des fortifications s'étend une ville morte. On a démoli les maisons, abattu les arbres, pour créer des glacis. Les rues traversent des montagnes de gravats, la Seine coule entre des éboulis, les tabliers des ponts plongent dans le courant, les bois de Boulogne et de Vincennes ne sont plus que des abattis. Des pans de mur épargnés, des cheminées se dressent au milieu des décombres. Des papiers peints décorent le vide à quoi grimpent des escaliers incongrus, des rideaux flottent dans le vent. Dans la journée, une foule envahit ces ruines, tirant des charrettes, poussant des brouettes, portant hottes et brancards, affairée à récupérer tout ce qui peut l'être. Le soir, avant la fermeture des portes, de lents convois convergent vers Paris, transportant une ville en miettes. La nuit, sous la lune, il ne reste plus que des bandes de chiens errants, et des soldats autour de feux de camp. Manet est l'un d'eux. Il est lieutenant dans l'artillerie de la Garde nationale. Il ne déteste pas cette vie. Il est républicain et patriote, pour lui cela veut dire la même chose. La République, c'est le peuple en armes, les soldats de l'an II. L'idée d'abandonner Paris, comme l'ont fait Pissarro ou Monet, ou Zola, ces « poltrons », ne l'a pas traversé. Et puis, il retrouve cette inclination à l'aventure qui l'avait poussé, à seize ans, sur les mers. Le danger a quelque chose d'excitant. Peindre est une aventure aussi, bien sûr, peindre est dangereux : mais ce n'est pas le même danger que celui qu'affronte le torero devant la corne, le soldat au feu. Il ne faut pas raconter d'histoire. Il est, lui, l'homme du monde, le causeur spirituel des cafés du Boulevard : mais aussi le peintre du *Torero mort*, ce gisant en grand uniforme macabre, et de *L'Exécution de Maximilien*. Suprêmement parisien, mais un peu espagnol aussi. Et puis encore, il y a dans ce dérèglement de l'ordre du monde qu'apporte la guerre un attrait puissant pour un observateur curieux de tout. Le lieutenant Manet trimballe, dans les poches de sa capote militaire, au milieu du tumulte du temps de siège, carnets de croquis, sanguines et mines de plomb.

Des moutons paissent les pelouses du Luxembourg, sur le boulevard les fiacres des fêtards en habit se retrouvent coincés au milieu de troupeaux de vaches, les jardins sont couverts de tentes militaires, de fusils en faisceaux (Manet se souvient avec amusement de la description exaltée que Pertuiset lui avait faite du camp de Chalons. Le camp de Chalons, il est en plein Paris, à présent, et l'autre, le matamore, le champion des armes à feu, où est-il passé? Au Pérou, paraît-il…). Des dolmans sèchent sur le dos des statues, des shakos, des casques, des sabres, des caleçons pendent au bras des nymphes de pierre. Des milliers de chevaux s'abreuvent dans la Seine, sur laquelle naviguent des canonnières. De temps en temps elles lâchent une salve dont l'écho roule entre les berges. Les ocres de l'automne pleuvent sur les rouges et les noirs des uniformes. Sur le rempart, du côté du Point-du-Jour, des messieurs en redingote et haut-de-forme, des dames en robe de soie et capeline, viennent voir tirer les pièces de marine: éclatement formidable, nuée ardente d'où émergent, comme des diables, les canonniers noircis, environnés de fumerolles. Frissons, pâmoisons. Chaque batterie est un endroit de rencontre et de drague. L'exceptionnel des circonstances, la peur de l'avenir excitent les audaces, font tomber barrières et censures. C'est une période étrange, déraisonnable, assez gaie au fond. On se grise de *Marseillaise*, d'imaginations héroïques, d'amours de passage. Le soir, quand on n'est pas de service, on va dîner avec les amis qui sont restés dans la ville assiégée, Degas, Duret, Puvis de Chavannes, on discute furieusement politique et stratégie, on conchie en paroles ce bigot incapable qui prétend présider à la Défense nationale, ce général Trochu qui méritera ce mot de Hugo : « Trochu : participe passé du verbe trop choir. »

Le Louvre est vide, les tableaux ont été mis en caisses et expédiés à Brest (parmi eux, le *Débarquement de Marie de Médicis…*, de Rubens, que Berthe était occupée à copier lorsque Fantin-Latour les a présentés. Lui-même a mis ses toiles à l'abri dans les caves de son ami Duret, parmi les fûts de cognac dont il fait commerce : l'*Olympia*, *Le Déjeuner sur l'herbe*, *Le Balcon*, *Le Repos*, qu'il vient de peindre, une Berthe rêveuse, mélancolique, alanguie sur un sofa lie-de-vin, le visage encadré d'anglaises, les mains longues et ployées, l'une tenant un éventail fermé, la cheville menue sous l'ample robe blanche). Le Louvre est vide, les Tuileries sont envahies, pillées, des traîne-savates font leur popote dans les salons d'apparat, le peuple s'est installé, une dernière fois, dans le vieux palais dont Eugénie a fui, à l'annonce de la reddition et de la captivité de Badinguet. L'Espagnole ne voulait pas connaître le même sort que l'Autrichienne, on la comprend. Manet se souvient de ses songeries historiques, cet après-midi où il a vainement attendu, avec le chasseur et son lion, une audience de celui qui est désormais prisonnier en Allemagne. « Mon royaume pour un cheval » : la pièce s'est enrichie d'une nouvelle scène. Les feuilles commençaient à dorer dans les jardins des Tuileries lorsque l'impératrice leur a jeté un dernier regard. Sa fuite ne l'a pas cédé en pittoresque à celle de Louis-Philippe. Tous les amis d'hier, les courtisans auprès de qui elle a cherché de l'aide, étaient opportunément absents lorsqu'elle a frappé à leur porte. Il faut dire qu'elle n'est plus la belle Andalouse écervelée peinte par Winterhalter, l'allumeuse catholique qu'elle a été, la dévote cocotte qui se plaisait aux frôlements, aux sous-entendus grivois. C'est une grosse dondon bâchée d'un *waterproof* noir qui erre, affolée, dans Paris. Faubourg Saint-Honoré, boulevard Malesherbes, avenue de Wagram, des majordomes renfrognés ont répondu à ses gens, tandis qu'elle attendait dans la voiture, le visage dissimulé sous une voilette noire, que les maîtres n'étaient pas là, qu'on ne savait quand ils rentreraient. Il ne s'est trouvé qu'un Américain, Thomas Evans, le dentiste de Napoléon III, pour la cacher chez lui, puis pour la mener en calèche, par des routes détournées, jusqu'à Deauville où il a réussi à l'embarquer en douce sur un yacht anglais. Il pleuvait à verse. Il paraît qu'elle a eu le mal de mer.

L'automne succède à l'été, les Prussiens resserrent le siège. On ne sort plus de l'enceinte des murailles, les portes restent fermées, Paris est une île sur la mer, un navire dans la tempête. Les obus éclatent comme au hasard, prenant les gens dans leur sommeil, fauchant les femmes qui vont chercher de l'eau. Le froid aussi, succédant aux beaux jours, a serré son étau sur la ville. Le gel fait aux arbres qui n'ont pas été abattus un feuillage de cristal. La neige qui couvre les décombres, les chevaux morts dont il faut disputer la viande aux corbeaux, la glace que charrie la Seine donnent au paysage des airs de retraite de Russie. Certaines nuits, des aurores boréales tendent au-dessus de la ville des draperies rougeâtres qui répètent au ciel la lueur des forts en flammes. Hugo en note une dans ses *Choses vues*, peu avant de manger du rat, qu'il ne trouve pas fameux (si la chère est maigre, la chair est encore douce au vieux faune national. Entre deux lectures publiques des *Châtiments*, dont le produit servira à la fonte de canons, il va tripoter des lingères, des couturières, des chanteuses d'opéra, tout lui est bon, regarder, tâter, humer, lécher, il consigne tout ça dans un code enfantin. Au milieu des explosions, sous le ciel ardent, les vieilles mains tavelées caressent un sein, un cul, la vieille barbe blanche et rêche et glorieuse se fourre entre des cuisses blanches). Bientôt, après qu'on aura abattu les animaux du Jardin des Plantes, on vendra de l'ours, de l'antilope, du chameau, de la trompe d'éléphant. On tue pour le manger un vieux chat noir qui a posé, dans sa jeunesse, tout arqué, les yeux ronds, aux pieds d'Olympia (et n'a pas peu contribué, étant peut-être une chatte, au scandale soulevé par le tableau). Des ambulances cahotent dans la boue neigeuse, les gémissements des blessés se mêlant au grincement des roues, le sang fait derrière elles un sillon rouge sur lequel on n'ose pas marcher, d'abord, et puis vite on se dit, à quoi bon ces délicatesses?, des charrettes emplies de corps grincent dans la neige, des bras raidis à travers les ridelles, des chevaux aux naseaux fumants tirent sur la neige blanche des corbillards noirs. Frédéric Bazille, qui peignit ses amis dans son atelier de la rue La Condamine, Monet, Renoir, Zola, Manet (et c'est Manet qui lui prit le pinceau pour le figurer lui), le grand Bazille, engagé volontaire, est tué dans les rangs des zouaves. Henri Regnault, le peintre de *Salomé*, l'ami de Mallarmé, a la tempe gauche trouée dans un jardin enneigé de Buzenval. Des ballons emportent dans leur nacelle d'osier des hommes enveloppés de fourrures qui les font ressembler à des ours, convoyant des sacs de lettres parmi lesquelles celles que Manet écrit à Suzanne, sa femme, réfugiée à Oloron. «Je voudrais que tu me voies avec ma grande capote d'artilleur…» «J'étais hier à la bataille qui s'est livrée entre le Bourget et Champigny. Quelle bacchanale!» «Nous sommes allés avec Eugène voir les dames Morisot; elles sont souffrantes et ont de la peine à supporter les privations du siège.» Le vent emmène les ballons à la dérive, à travers les lignes, loin de la ville prisonnière. Puvis peint une toile qui montre ça. Manet ébauche des paysages sinistres, des effets de neige sur le Petit Montrouge, sur la gare du chemin de fer de Sceaux.

Les «dames Morisot», Berthe et sa mère, habitent rue Franklin, sur la colline de Chaillot, une maison dont le jardin domine la Seine et, de l'autre côté du pont d'Iéna, le Champ-de-Mars, qui n'est alors qu'une immense prairie. Berthe s'enfonce dans une incurable mélancolie. Ses imaginations romantiques se défont, le monde qu'elle a connu est en proie à la violence et à la mort. Paris est un camp retranché. Le jardin où, il y a peu, Manet peignait Edma, dans la même grande robe d'un blanc nacré, légèrement moucheté, que celle que Berthe porte dans *Le Repos*, avec un enfant dans son landau, et des taches de soleil moirant la pelouse, ce jardin est à l'abandon, dévasté par les bottes des gardes nationaux qui campent dans son atelier. C'était l'été, alors, et c'était l'été encore qui mettait un rectangle d'émeraude derrière la nuque d'Yves quand Degas la peignait, ici, dans cette maison – l'été, chatoiement des étoffes claires, des fleurs, miroitements de l'eau, couleurs éblouies, comme surexposées par l'excès de la lumière, tendant vers ce blanc irisé qui est aussi celui des chemises, des robes, des bas des jeunes filles qu'elle peindra. C'était l'été, et maintenant l'hiver est venu. Ses sœurs l'ont abandonnée, parties vivre en province, mariées à des hommes dont on se dit, dont elle se dit qu'elles auraient pu se passer. Le tête-à-tête avec sa mère est épuisant, qui ne la quitte pas, la couve du regard, l'adjure de se marier – à trente ans bientôt, à quoi songe-t-elle? Son père, elle n'a jamais eu beaucoup de familiarité avec lui. La vie dont elle a rêvé, sans même en être consciente, c'était sans doute une vie d'artiste et d'éternelle jeune fille, entre son chevalet et ses sœurs, Edma surtout, qui comme elle peignait, avec qui elle partageait tout.

En elle la passion désormais se vêt de froideur et de silence, l'émotion se déguise sous le sarcasme. Le doute vient sans trêve railler la confiance. Elle ne mange plus, il lui arrive de croire que, si jeune, sa vie est finie. La seule chose qui encore l'anime, ce sont les séances de pose avec Manet. Elle l'admire, et son sens de l'humour, son esprit parviennent à la faire rire. En sa compagnie elle ne s'ennuie pas. Il la trouve belle, «femme fatale», comme on l'a dite après *Le Balcon*. Elle le trouble, l'intimide presque, lui si aisé. Il sait, même s'il ne le laisse pas trop paraître, qu'elle est un vrai peintre. Ils se retrouvent à son atelier, vidé de ses tableaux. Manet est à l'état-major, à présent, son service est moins contraignant. Ils se retrouvent, il la fait rire en lui racontant les travers ridicules de Meissonier, son chef direct, colonel de la Garde nationale. Colonel des pompiers, oui… Ce petit bonhomme a peint Napoléon, et il se prend pour Napoléon. Elle rit. Il allume le poêle, il fait un froid terrible dans l'atelier. De temps en temps, loin, près quelquefois, un obus explose, et le bruit énorme est suivi par toute une cascade de bruits plus ténus, chute de pierres, de vitres cassées, cris. Un cheval hennit. Progressivement tout s'éteint, retourne au silence de la neige. Il fait très froid, et Berthe pose chapeautée, en manteau de fourrure, les mains glissées dans un manchon. Elle est pâle, maigre, ses traits sont aigus, ses lèvres rouges. Une mèche sombre tombe sur son œil gauche. De nouveau elle semble inquiète. Fiévreuse. Elle le trouble profondément, mais il est un homme marié, avec un fils qu'il fait passer pour son jeune beau-frère, et il y a du bourgeois conformiste chez cet artiste révolutionnaire. Des aventures, il en a, bien sûr, mais ce n'est pas de ça qu'il s'agit avec cette belle jeune femme si grave. Il peint. Il fait très froid, l'immobilité est pénible, il brosse rapidement, nerveusement, un portrait en brun, austère comme une bure, l'un de ses plus beaux. Autour de cette jeune femme et de son peintre, autour de leurs regards croisés, il y a la ville assiégée, l'hiver, la guerre. Après, que se passe-t-il? On ne le sait pas. Le roman ne sait pas, ne peut pas tout.

6

Chasser le nandou en Patagonie

À Lima, les Pardistes ont gagné les élections, contre les Arenistes (qui ont remplacé les Echeniquistes), et ça ne plaît pas du tout aux quatre frères colonels, ça, un civil au pouvoir. Ils demandent donc au président en place de faire un coup d'État, et comme celui-ci hésite un peu, ils le font eux-mêmes. Et par la même occasion, pour lui apprendre l'esprit de décision, ils le farcissent de balles durant son sommeil. Mais là, ils sont allés trop loin. Une foule excitée par les Pardistes se répand dans les rues, armée de gourdins, de vieux fusils et de grands couteaux, criant «Mort aux tyrans». Silvestre tente d'aller chercher des renforts à El Callao où se trouvent Marceliano et les fameux fusils. La gare du petit chemin de fer qui mène au port est toute proche du palais, mais au moment où il y arrive, il est reconnu. Il sort son revolver, monte dans un wagon, tire par la fenêtre sur ses poursuivants, le train, malgré ses ordres désespérés, ne démarre pas, les travailleurs du chemin de fer le

bombardent de pierres du ballast, une balle lui déman-
tibule l'épaule, une autre lui troue le crâne. On le tire
du wagon, on déshabille son cadavre, on le traîne par les
rues. Pendant ce temps, Tomás, l'homme au fouet, s'est
réfugié dans le fort de Santa Catalina. Il en ressort
bientôt et entreprend à son tour de se rendre à la gare,
d'où il espère gagner El Callao. Il se mêle à la foule
des émeutiers, braillant, de sous un large chapeau qui
dissimule ses traits, des *¡Muera Gutiérrez!* et des *¡Viva
Pardo!* Peine perdue, il est reconnu lui aussi, arrêté,
poussé dans une boutique, mais la foule enfonce la
porte, le sort, le lynche, le déshabille, lui ouvre le ventre.
On pend d'abord les deux cadavres, nus et mutilés, à
deux réverbères de la *plaza* de Armas. Puis on les traîne
dans le palais du gouvernement, puis on les en ressort,
on les hisse en haut des tours de la cathédrale, et on les
repend là, à deux forts madriers saillant vingt mètres
au-dessus du parvis.

Un photographe français, Eugène Courret, tire de la
scène une carte postale qui aura beaucoup de succès. On
y aperçoit (vaguement) les deux macabres breloques,
formes blanchâtres sous les abat-sons des cloches. Une
foule, en bas, contemple. Ce Courret avait réalisé, quelques années auparavant, un photomontage de l'exécution de Maximilien. Les trois suppliciés y sont vus
de face, au fond de la scène, devant un mur. Le peloton,
une quinzaine d'hommes, est disposé à une bonne
dizaine de mètres d'eux – beaucoup plus loin que sur le

tableau de Manet. Derrière – plus proche, donc, de l'observateur supposé – une foule de témoins, coiffés de hauts-de-forme ou de chapeaux de paille, est contenue par un rang de soldats dont on ne voit que les baïonnettes. Pertuiset en achète un pour Manet dans le magasin des frères Courret. «Cher Maître, écrit-il au dos, avec ce sens de la formule qui le caractérise, vos œuvres sont plus vraies que la réalité», et il signe d'un vaste «P», comme Napoléon griffait d'un «N» le bas de ses lettres. (L'extravagant petit palais de la *Fotografía central, E. Courret y Cia, fundada en 1865*, est toujours là, sur le *jirón* de la Unión : deux tours à balcons onduleux, colonnettes, créneaux, palmes et fanfreluches de plâtre, une espèce de casino nouille, gaudien avant l'heure. Il abrite, au rez-de-chaussée, une boutique de sapes d'une parfaite banalité internationale. C'est le pendant liménien du Palais de Cristal défiguré de Nadar.) Après qu'on a bien profité du spectacle, on coupe les cordes, les deux corps s'écrasent sur le parvis. On traîne les restes sur un bûcher, avec ceux de Marceliano, qui a subi le même genre de traitement à El Callao. Rentré à Paris, pour ajouter un peu de piment à l'histoire, tirer des cris d'effroi à ses auditrices, des pamoisons, Pertuiset prétendra qu'une fois bien rôtis, on les a dévorés, mais il ne faut rien exagérer.

En tout cas, le voilà débarrassé des terribles frères. Sa vantardise fait qu'il n'est pas loin de croire qu'il est pour quelque chose dans leur élimination. Qu'il y croie ou non, il trouve politique d'essayer d'en persuader les nouveaux maîtres de Lima (pardistes, donc). Il ne désespère pas de leur vendre ses fusils Martini-Henry, ou à défaut de les récupérer pour les fourguer ailleurs. Dieu sait que ça ne manque pas de clients possibles, entre les partis désireux d'en découdre avec les Pardistes triomphants (des Echeniquistes, mettons, ou bien des Arenistes, ou encore des Pierolistes). En attendant, il mène la grande vie. Introduit par Malinowski, il est invité à toutes les fêtes de la haute société de Lima. Sa force physique, sa faconde, ses gaffes en font une attraction, une soirée sans lui est une soirée ratée. Sa corpulence fait qu'on le prend parfois pour Alexandre Dumas, qui est mort il y a déjà quelque temps, mais la France est loin et tout le monde ne lit pas les journaux. Dans son palais de Chorrillos, le marquis de Tarapaca reçoit tous les samedis. Militaires emplumés, scintillant d'or et d'argent, certains même avec des rangs de paillettes cousus sur leurs uniformes, *estancieros*, patrons du guano en habit, quelques prélats ou curés mondains, beautés *tapadas*, dont un voile élégamment ramené de la chevelure sur le sein ne laisse paraître qu'un demi-visage, quelques boucles, un œil sombre, le début d'un sourire, une fossette exquise... Souliers de satin, éventails de nacre. Les jardins du palais de Chorrillos descendent vers la mer, sur laquelle on voit des bateaux illuminés («Dirait-on pas des étoiles dans le ciel?» poétise Pertuiset à l'unique oreille disponible, très menue et mignonne,

d'une belle *tapada*; il se retient pour ne pas la mordre).
Entre les parterres, des volières abritent des paons, des
condors au col obscène, des perroquets qui, éclatants et
bruyants, sont aux oiseaux ce que les militaires sont aux
hommes. Des serviteurs noirs en livrée à la française
portent des torches. Le marquis remplit de pisco un
hanap d'argent : «Il est à celui qui le boira», annonce-
t-il. On se regarde, personne ne se décide, c'est que… il
y a là-dedans assez de pisco pour tuer un ours. Pertuiset
s'avance, vide le hanap d'un trait, s'essuie la moustache
d'un revers de main, pose le hanap retourné sur un banc
de pierre, l'écrase d'un coup de poing, plie la galette
d'argent en deux, en quatre, la fourre dans sa poche.
Chez le baron d'Aguas Calientes, il y a des gloriettes
flottantes, ce sont des kiosques construits sur des radeaux,
que des serviteurs font glisser à l'aide d'une perche sur
des pièces d'eau. On y boit du champagne en y écoutant la musique de petits orchestres. Au moment d'embarquer, son poids considérable, la brusquerie de son
bond, font gîter le radeau, un musicien qui se tenait au
bord tombe à l'eau avec son violon. L'attraction de la
soirée, dans la demeure à La Punta d'un riche *guanero*
qui est peut-être, qui sait, l'ancêtre du *señor* Rafael, c'est
la Compagnie des Bédouins de Mohamed, «récemment
arrivée des vastes déserts du Sahara» : Mohamed, Ali
Ben Mohamed, Abdala Ben Ali, Jurain Ben Abdala,
Adje Ilamao et Teillec Serpent d'acier, qui en moins de
deux vous forment une parfaite pyramide humaine.

Fort de ses aventures algériennes, Pertuiset prétend parler arabe avec eux. Sa connaissance de la langue se borne à une dizaine de mots passés dans le français colonial, *chouïa, bézef, choukran, bakchich, mektoub*… et il va répétant cette suite absurde de mots, la modulant, s'en gargarisant, l'accompagnant de «mon z'ami» et de claques dans le dos, il est si content de lui et se réjouit tellement de son agilité linguistique que tous les assistants, à commencer par les prétendus Bédouins, finissent par être pliés de rire.

Chez Henry Meiggs, l'entrepreneur américain du chemin de fer transandin, le patron de Malinowski, il fait une rencontre décisive. La demeure de Meiggs passe toutes les autres en extravagance. C'est une sorte de gare mauresque, cela tient de Victoria Station et de l'Alhambra, un peu réduits tout de même. Les mauvaises langues, les envieux, qui ne sont pas rares à Lima, disent que sa folie, construite par ses ingénieurs et ses ouvriers en poutres de fer soustraites à ses chantiers, ne lui a pas coûté un sou. Mais l'abus de bien social ne figure pas dans la législation péruvienne de l'époque, moins encore quand il s'agit de citoyens américains (quant à aujourd'hui, on n'en sait rien). Pertuiset n'est pas du genre à faire du mauvais esprit : il trouve Henry Meiggs «un homme éminent à tous points de vue» (un de ces points de vue étant d'ailleurs qu'il caresse l'idée de lui vendre les Martini-Henry pour équiper de neuf la petite armée privée qui veille sur ses chantiers et sa personne).

La fête ce soir-là est somptueuse. Un petit train, tiré par une locomotive à chasse-pierres (du genre de celle qui emmène Tintin et Haddock vers leur destin), parcourt lentement les jardins. Sur les plates-formes joue un orchestre dirigé par le *maestro* Rebagliati, des buffets sont dressés, ainsi qu'une tribune ornée de drapeaux américains et péruviens. Le président de la République (le fameux Pardo) fait un discours «d'une grande hauteur de vues», selon Pertuiset. Les métaphores, en effet, sont élevées : «Grâce à l'aide de Dieu et de la Science, *el ilustrísimo señor* Meiggs vient de prouver que l'Homme peut abaisser jusqu'à ses pieds les cimes orgueilleuses des montagnes, et mettre au service de la Communication et du Commerce même le sein des abîmes!» Après cela, comme pour illustrer cette élévation des idées et des mots, l'incomparable aéronaute mexicain Teofilo Zevallos s'élève dans les airs à bord de son ballon-monstre, et exécute d'audacieuses voltiges sur un trapèze suspendu à la nacelle. Tête renversée en arrière, bras écartés, Pertuiset, qui fait profession de n'être épaté de rien, en reste bouche bée.

Il baisse les yeux, et c'est le choc. D'avoir longtemps regardé en l'air, la tête lui tourne un peu, il titube, manque tomber. Devant lui se tient une brune plantureuse, aux yeux charbonneux, aux lèvres rouges entrouvertes sur des dents écartées, les dents du bonheur, il adore ça. Un grain de beauté sur la tempe droite. Le grand décolleté de sa robe de soie rouge exalte des épaules rondes, des seins provocants (hmmm, la saisir à la taille, plonger sa hure dans ce val ombreux…). Un peu déhanchée, une boucle sur l'œil, coupe de champagne à la main. De l'adolescente en elle et de la petite gouape. Pas exactement bon genre, plutôt le genre qui fait se tuer. (Elle te ressemble un peu, dis-tu à Milagros – il est très tard à présent, vous mangez un poulet grillé dans un KFC attenant à une station-service, du côté de Miraflores. Histoire de vous remettre d'aplomb. Auparavant, vous avez continué à vous noircir dans un bar sur une jetée environnée par les crêtes blanches du Pacifique et des nuées d'oiseaux de mer fantomatiques, surgissant phosphorescents de la nuit pour y disparaître aussitôt. L'endroit te plaisait mais elle trouvait que c'était trop bourgeois, c'est une révoltée, Milagros, elle a raison, elle a raison d'être sud-am et jeune et révoltée, et toi tu as tort d'être un vieux Français sceptique. Ce n'est pas qu'elle ait raison, ni toi tort, bien sûr, c'est que le monde a probablement plus besoin de gens comme elle que de gens comme toi. Enfin, c'est comme ça que vous vous retrouvez à manger du poulet grillé dans un Kentucky Fried Chicken beaucoup plus socialement correct. La chaleur n'a pas l'air d'avoir envie d'aller se coucher. L'air est liquoreux et pue l'essence. À des tables voisines, des moustachus déchiquettent des poulets et boivent de la bière, le fusil à pompe posé sur les genoux. Milagros, en fait, ne ressemble pas tellement à la belle brune de chez Meiggs – à part qu'elle est belle, et brune.)

Il chancelle légèrement, paraît sur le point de tomber, elle rit. « Je vous fais un tel effet ? » lui demande-t-elle, en français. Elle ne manque pas d'air. Il vient de rencontrer la *señorita* Géraldine, l'étoile d'une troupe itinérante d'opéra-bouffe qui fait le tour de l'Amérique du Sud. Elle joue Ernestine dans *Monsieur Choufleuri*, qui passe au Teatro principal de Lima, Julie, servante de la famille Dugravier, dans *Les Rendez-vous bourgeois*, Mimi, une grisette qu'un peintre séduit en la menaçant de ses poings, dans *La Corde sensible*, qui fait un triomphe à El Callao. Des cordes, elle en a plus d'une à son arc, elle fait aussi la sixième femme de ce *Barbe-Bleue* qui déplaisait tant à l'infortuné Tomás Gutiérrez, Minette dans *La Chatte métamorphosée en femme*, Hélène dans *La Belle Hélène*, enfin des tas de rôles. Peut-être sans beaucoup de talent dramatique, sans trop de conviction, on ne peut pas dire non plus que ce soit une grande voix, mais elle a une présence physique qui met les salles en transe.

Le chasseur de lions s'enflamme aussitôt, c'est une grosse fleur bleue. Elle, en revanche, non, elle préfère les hommes plus sveltes, le genre torero. « Vous êtes française ? » lui demande-t-il, assez sottement, puisque cela s'entend. Oui, elle est née à Angoulême. Ah, lui, à Chambéry. Et qu'est-ce qu'elle fait ici, etc. Ça commence comme ça, dans les banalités. Il l'écoute parler du théâtre, d'Offenbach, de la vie de la troupe. C'est une vie d'artiste mais aussi d'aventurier. Une tempête de tous les diables les a cueillis au large de la Patagonie, ils ont failli faire naufrage, leur bateau a dû revenir à Montevideo pour réparer. La moitié des musiciens ont eu tellement la frousse qu'ils ont refusé de réembarquer, malgré les supplications et les menaces du directeur, ce qui fait que l'orchestre, à présent, est un peu grêle. Il l'écoute, il imagine des situations où il accomplirait pour elle des exploits, où il la sauverait d'un danger imminent : c'est ainsi que son esprit puéril conçoit la séduction. Il est sur le paquebot qui coule, il la prend dans ses bras et la dépose dans le fond d'un canot, il rame pendant des jours jusqu'à toucher une côte où les éléphants de mer barrissent parmi l'écume. Un lion attaque sa chérie, qui est allée chanter *La Belle Hélène* dans la jungle, heureusement il passe par là, il foudroie le fauve qui vient rouler aux pieds de l'adorable. Et ce qui est incroyable, c'est que quelque chose de ce genre va se produire : là, dans les jardins de la *quinta* Meiggs, tandis qu'il écoute la *señorita* Géraldine raconter ses aventures, qu'il se sent un peu balourd, qu'il rêve puérilement de la sauver d'une catastrophe, la terre, comme obéissant à son vœu, se met à trembler. Les tremblements de terre sont chose fréquente au Pérou, et celui-là n'est pas d'une force exceptionnelle, ce qu'il a d'exceptionnel c'est de survenir juste à ce moment-là. Des verrières de la gare mauresque tombent et scalpent un serviteur, une colonnette de fonte fracasse en s'écroulant quelques douzaines de bouteilles de champagne, rien de bien grave, mais dans les premiers instants c'est l'affolement. Géraldine, qui connaît les tempêtes mais pas les tremblements de terre, se jette instinctivement dans les bras du colosse. La première peur passée, elle est un peu étonnée de s'y trouver, mais elle va y rester.

Ils sont amants. Il passe toutes ses soirées au théâtre, à Lima ou El Callao, selon qu'elle joue ici ou là. Il est grisé par ce milieu, cette atmosphère qu'il ne connaît pas, les coulisses, les loges. Il aime l'odeur des onguents, des fards, la lumière des chandelles dans les miroirs (on commence à peine à installer l'éclairage au gaz à Lima), la luisance de la peau en sueur, les habillages et déshabillages, les froissements d'étoffe des costumes qu'on enlève et jette au sol. Il est fier que le régisseur le salue, il est fier de la jalousie, qu'il sent mais ne craint pas, des acteurs de la troupe, les bouquets qu'on lance à la *señorita*, c'est à lui qu'on les lance. Il se rengorge. Il se croit presque un artiste. Il est un peu encombrant, mais Géraldine ne déteste pas d'avoir un protecteur, c'est son côté Mimi de *La Corde sensible*. Il est un peu brusque en amour, il lui saute dessus, la terrasse et lui mord la nuque comme s'il était un lion, ses rugissements incommodent les clients de la Maison Dorée, mais elle ne déteste pas non plus cette expressivité, elle trouve ça flatteur. Ils sont vus dans tous les lieux à la mode, ils goûtent la soupe de tortue du Café Anglais, ils vont aux corridas de la *plaza* de Acho, ils se font photographier par Eugène Courret — assis tous deux, lui, massif, en veste à larges revers, gilet de satin barré par une chaîne de montre en or, nœud papillon de soie noire, s'est fait raser les favoris, peut-être pour accentuer sa (lointaine) ressemblance avec Dumas père ; elle porte une robe claire qui dégage les épaules et la naissance des seins, un haut collier qu'on imagine d'argent lui enserre le cou, un peigne, sans doute aussi en argent, tient ses cheveux relevés sur la nuque ; elle est belle. Ils se donnent la main. Derrière eux, un rideau de théâtre tenu par une embrasse dévoile un décor peint assez peu plausible, qui pourrait être un village alsacien. Il en a presque oublié ses fusils.

D'habitude, chez Malinowski, Pertuiset parle chasse, ou explosifs (Alfred Nobel vient d'inventer la dynamite), ou, depuis peu, art lyrique, dont il se pique désormais d'être un amateur éclairé. Mais, un soir, il met la conversation sur les trésors : comme tous les grands enfants, il a toujours été excité par cette imagination ; il a lu *Monte-Cristo*, et puis après tout, on est au Pérou, le pays de l'or et de l'argent. Et justement un convive du Polonais, un certain Don Irrozoval, raconte une histoire passablement embrouillée (il faut dire aussi qu'il a honoré la vodka) d'où il ressort cependant que le fameux trésor des Incas existe toujours, caché sous les ruines d'une forteresse inaccessible de l'Amazonie : il a rencontré, lui, Don Irrozoval, un jeune Espagnol qui l'a vu de ses yeux éblouis, au fond d'un souterrain dans la jungle : des statues d'or, des trônes d'or, des oiseaux d'or dans des arbres d'or, des fleurs d'or provenant des jardins du temple du soleil de Cuzco (on est décidément en plein *Tintin*), des entassements de lingots d'or et d'argent. Un flamboiement, un brasillement d'or sous le feu des torches, des idoles d'or projetant leur ombre sur des murs d'or. Ce jeune Espagnol, Francisco, n'est plus là pour faire part de son éblouissement : il est mort empoisonné. On s'en serait douté. « Mais comment était-il parvenu jusqu'au trésor, votre Francisco ? » interroge Pertuiset, extrêmement enclin à croire cette histoire, mais qui veut comprendre. Eh bien, il avait été guidé jusque-là par un descendant des Incas, un nommé Roca, qui vivait bourgeoisement à Lima, et dont il avait un jour épargné la vie dans des circonstances… s'ensuit une nouvelle histoire très compliquée. « Et ce Roca ? », s'impatiente Pertuiset, qui craint de deviner la réponse. Et en effet il est mort, le cou brisé dans une chute de cheval.

La situation semble sans issue. Elle ne l'est pas. Entre autres coquecigrues dont la tête de Pertuiset est farcie, il y a le magnétisme animal. Il a été instruit dans cette discipline par un type qui portait le nom prédestiné d'Esprit. Il a lu et relu le livre de l'abbé Faria sur le *sommeil lucide*, et le *Guide du magnétiseur* de Montacabère, qui laisse une si grande impression à Bouvard et à Pécuchet. D'ailleurs, comme Bouvard, il possède toutes les qualités requises pour faire un bon magnétiseur : « l'abord prévenant, une constitution robuste, et un moral solide ». À Lima, il fréquente la librairie *Arca de Noe*, spécialisée dans le spiritisme et le magnétisme. Il ne sait pas très bien à quelle école il appartient, aux psychofluidistes ou aux imaginationnistes, il n'a pas la tête théorique, «ça le dépasse», comme il dit, mais ce dont il est sûr, c'est que sa force magnétique n'est pas moindre que sa force physique. Trouve-t-il un bon «sujet» – une jeune femme, toujours –, il se fait fort de la plonger, en quelques passes, dans un état somnam-bulique où elle sera capable de découvrir les choses les mieux dissimulées. Il laisse à d'autres le soin de penser l'unité du cosmos ou de guérir de pauvres toquées; il a les pieds sur terre, lui, et même sous terre, il utilise la «lucidité» des magnétisées pour explorer les sous-sols à la recherche de la grosse galette. Or, indépendamment de ses autres qualités, il s'est aperçu que Géraldine était un excellent sujet, exceptionnel même. Le Stradivarius qu'il lui fallait pour jouer de la grande musique. Il ne dit rien de tout ça, naturellement, chez Malinowski. Mais, de retour à la Maison Dorée, il se met sans attendre au travail. C'est-à-dire aux passes (magnétiques).

Géraldine laisse aller en arrière sa belle tête – ses che-veux dénoués choient jusqu'au sol –, ses paupières se fer-ment. «Maintenant, écoute-moi, tu es calme, tu entends ma voix, tu dois retrouver cet homme, tu entends, tu dois le retrouver. Transporte-toi sur les bords de l'Apurimac, perce la forêt, sonde les grottes, retrouve-le. Ta vue peut tout découvrir, rien ne peut t'échapper. Tu vas le retrouver.» L'homme qu'il s'agit de retrouver, c'est un

Indien nommé Yupanqui, gardien du trésor d'après le récit de Don Irrozoval. Un type pas commode. Celui-là, rien n'indique qu'il soit mort. Au bout d'un quart d'heure de profond silence – Pertuiset commence à craindre que l'amour qu'ils ont fait, avant d'aller chez Malinowski, n'ait perturbé leur magnétisme –, Géraldine articule : « Il a quitté le Pérou. » ¡ *Caramba !* Il faut retrouver sa trace, coûte que coûte ! Mais la Terre est vaste… Une demi-heure passe, les paupières, les sourcils de Géraldine (qu'elle a assez fournis), les traits de son visage sont agités de brefs spasmes, elle est terriblement excitante, ainsi cambrée, renversée sur le fauteuil, les cheveux défaits, les seins offerts, une jambe dégagée du peignoir… poussant de petits gémissements… Il a une furieuse envie d'aller y fourrer son mufle, ses pattes, sa grosse queue magnétique. Mais non ! Du calme ! On verra plus tard ! Pour le moment, il ne faut pas la distraire de sa recherche. Il referme doucement le peignoir de soie. (Tu racontes tout ça à Milagros, la mettant mentalement à la place de la *señorita* Géraldine, espérant qu'elle s'y place d'elle-même. Vos voisins regagnent leurs 4×4 respectifs, fusil à l'épaule. C'est le moment où deux chiens faméliques font la connerie de traverser l'avenue en courant, jaillis d'un tas de poubelles. Ils les tirent au jugé, les font exploser avec leurs chevrotines.) Trois quarts d'heure s'écoulent, Géraldine est en train de passer le monde en revue, en une sorte d'Internet hypnotique, et soudain… soudain, elle agrippe le bras de Pertuiset, y enfonce ses ongles, et c'est tout un roman d'aventures qu'elle débite d'une voix saccadée. Yupanqui, elle le voit. En train de chasser le nandou en Patagonie, les boules de plomb tournoient au-dessus de sa tête, il faut l'interroger, elle l'interroge, quand il a vu que le trésor était sur le point d'être… a éliminé Roca et Francisco… fait affaire avec un vieux contrebandier d'El Callao, embarqué l'or sur son bateau… seulement tempête, le bateau jeté à la côte, où ? *Bahía* Inútil, côte orientale de la Terre de Feu, le trésor enterré là, sous une croix… puis l'équipage bouffé par les cannibales, seul Yupanqui, parce que Indien… À ce point, Géraldine est prise de violentes convulsions, et malgré tous les efforts de Pertuiset, la communication ne peut être rétablie. C'est égal, il sait l'essentiel, il a tout noté dans son carnet de moleskine.

7

Un chien lèche le sang

Un peu avant sept heures, les trois voitures cellulaires arrivent à Satory. Rossel descend de l'une d'elles, avec le pasteur Passa et maître Joly, son avocat. Des deux autres sortent Théophile Ferré, membre du Conseil de la Commune, compagnon de Louise Michel, et le sergent Bourgeois, du 45e de ligne, qui a rejoint l'insurrection. Il fait encore nuit, le ciel verdit à l'est, des bancs de brouillard dessinent un sillon argenté dans la vallée de la Bièvre, les lanternes jettent de grandes ombres tragiques. Les troupes, six mille hommes, forment un immense carré, les casques, les sabres, les cuirasses accrochent des éclats de lumière dans l'obscurité. Un commandement, les tambours battent aux champs, le clairon sonne. Trois poteaux ont été dressés devant la butte d'artillerie, devant chacun un peloton de douze hommes, l'arme au pied. Pour les militaires, Bourgeois et Rossel, on a eu la délicate attention de choisir des hommes de leur corps d'origine. Il fait froid, les condamnés essaient de contenir des grelottements qu'on pourrait prendre pour des tremblements de peur. On entend sonner les cloches d'un village, Châteaufort ou Saint-Lambert-des-Bois. Le jour vient lentement, un jour fuligineux de novembre. Le sergent Bourgeois est en uniforme, Ferré et Rossel sont vêtus de noir. Ferré fume un cigare, il va s'adosser au poteau de gauche, Bourgeois à celui du milieu. L'officier qui commande les troupes, le colonel Merlin, a présidé le conseil de guerre qui a condamné Rossel à la mort et à la dégradation militaire. Rossel demande à commander lui-même le feu : Merlin le lui refuse. Rossel veut lui serrer la main : Merlin refuse. C'est un homme qui ne transige pas avec la haine, ce type d'officier lâche et féroce qui, de 1870 à juin 40 en passant par l'affaire Dreyfus, va beaucoup trouver à s'illustrer. Rossel hausse les épaules, marche vers le poteau de droite. Son visage est très pâle sous une abondante chevelure noire. On lit les jugements. Attentat dans le but de changer ou détruire la forme du gouvernement... excitation à la guerre civile... levée de bandes armées pour résister à la force publique... usurpation de titres ou fonctions militaires... désertion à l'ennemi... Au commandement, les soldats mettent en joue. Les sous-officiers abaissent leur sabre, la salve éclate, les trois hommes tombent, Rossel est mort, on donne le coup de grâce à Bourgeois et Ferré, puis les troupes commencent à défiler devant les cadavres. Sorti de la nuit, sorti de Goya, un chien lèche le sang sur le visage de Ferré. Le jour s'est levé.

Dans la petite foule qui assiste aux exécutions, derrière un cordon de soldats, il y a Manet. Il est venu avec le dessinateur Émile Bayard et Henry Dupray, le peintre de batailles. Qu'est-ce qui l'a poussé à se lever au cœur de la nuit pour accourir au sinistre spectacle ? Pas une badauderie sanguinaire, en tout cas : il est trop profondément raffiné pour ça. Mais il est aussi passionnément curieux du monde, et le monde c'est un combat de taureaux ou une courtisane nue sur sa couche, un buveur d'absinthe, un bal masqué, une serveuse de bocks, une voie de chemin de fer, un champ de courses, un bouquet de pivoines, tout ça sans distinction, sans hiérarchie, le monde est un pervers polymorphe, un spectacle foisonnant et trivial, une fontaine de formes et de couleurs où la beauté jaillit parfois de la laideur. L'art doit se mesurer à tout, la mort, celle d'un torero ou celle d'un suicidé anonyme, fait partie du grand jeu. Et les scènes politiques ou historiques l'intéressent autant que les autres, il a peint le combat du corsaire sudiste *Alabama* et de la corvette yankee *Kearsarge*, au large de Cherbourg, sur le grand mur vert de la mer, il va imaginer l'évasion de Rochefort du bagne de Nouvelle-Calédonie, il a peint, surtout, l'exécution de Maximilien. Ce matin, à Satory, il est en quelque sorte dans son tableau, il est à la place, en somme, de cette femme qu'on voit, dans la dernière version, accoudée au sommet du mur, les mains dans les cheveux noirs où l'on devine une fleur rouge, et il met ça, son tableau et lui, à l'épreuve la plus terrible qui soit, il les confronte à la mort. Il y a des détails qui sont les mêmes, les suppliciés sont trois, les uniformes des soldats se ressemblent, ceux qu'il a peints à Queretaro et ceux qu'il voit dans l'aube sanglante de Satory, mais ce n'est pas ça l'important, bien sûr, l'important c'est de savoir si son tableau, dans son apparente froideur, est à la hauteur abrupte de la mort, si quelque chose de la cérémonie de la mort passe dans la cérémonie de la peinture. (Tu lis, dans l'*International Herald Tribune* en date des 9-10 décembre 2006, l'histoire de ce photographe iranien, Jahangir Razmi, qui a gagné le prix Pulitzer 1980 pour une photo parue dans le journal iranien *Ettela'at* : son identité est restée secrète pendant plus de vingt-cinq ans, jusqu'à ce jour où le *Wall Street Journal* vient de la révéler. Difficile de ne pas penser, en voyant cette très célèbre photo d'une exécution sur l'aéroport de Sanandaj, au Kurdistan iranien, à *L'Exécution de Maximilien* – ou, bien sûr, au *Tres de Mayo*. Les côtés sont permutés, le peloton est à gauche, agenouillé ou accroupi, à une très courte distance, quatre mètres tout au plus – comme dans les tableaux de Manet et de Goya – des suppliciés qui se tiennent à droite. L'exécuteur le plus proche de l'objectif est tête nue, d'autres portent un keffieh, les plus éloignés, peut-être des casques. Comme dans *L'Exécution*, encore, certains suppliciés sont surpris en train de tomber, pliés en deux et déséquilibrés par la rafale, ou commençant à ployer les genoux, tandis que d'autres, et notamment celui qui est le plus proche, à droite, sont encore debout. Ce condamné, tête un peu levée, moustache, yeux bandés par un linge blanc (comme les autres), se tient très droit, presque au garde-à-vous, main droite bandée tenue par une bretelle à hauteur de l'estomac. Il porte une chemise claire (kaki, probablement), sa manche gauche est légèrement roulée sur l'avant-bras, il a une montre au poignet, le bas de son pantalon disparaît un peu dans la poussière soulevée par la rafale. C'est Maximilien. Au fond, on aperçoit un petit bâtiment avec cinq ouvertures rectangulaires, une Jeep, quelques témoins, la courbe d'une colline.)

Si Manet est là, dans l'aube sanglante de Satory, c'est aussi par admiration pour la figure de Rossel, révolutionnaire malgré lui, condottiere mélancolique. Un an plus tôt, déguisé en paysan, il s'échappe de Metz encerclé. Il ne veut pas se rendre. Lui, un simple capitaine du génie, un jeune homme de vingt-six ans, il a vainement tenté d'inciter au combat le maréchal Bazaine, commandant de l'armée du Rhin, mais celui-ci, qui se voit déjà régent, préfère traiter avec les Prussiens. Rossel ne veut pas se laisser désarmer sans combattre. Désespérant du haut commandement, il a essayé, avec quelques officiers patriotes, d'organiser clandestinement une sortie, mais le général qui avait d'abord accepté de prendre leur tête a fini par se dégonfler, et l'affaire a échoué. Alors, par un petit matin aussi sinistre que celui de Satory un an plus tard, il franchit les murailles de Metz, désertées par leurs défenseurs. Des nuages bas, couleur de suie, tombe sans arrêt une pluie glacée, les chemins sont des fondrières, traversant des champs de boue jonchés de canons abandonnés, de fusils brisés, de carcasses de chevaux morts. Le long d'une voie ferrée des soldats de la Garde marchent vers leurs vainqueurs, leur capote ruisselant d'eau, ils ont jeté leurs armes mais gardé leurs ustensiles de cuisine, désireux qu'ils sont d'être faits prisonniers et nourris. Paysage de débâcle, de défaite sans avenir, qui va devenir un des grands décors français, Claude Simon peindra la même chose soixante-dix ans plus tard. À l'hôtel de l'Europe, où il a son quartier général, Bazaine ripaille en compagnie de son état-major, il attend tranquillement que les Prussiens lui confient le proconsulat du pays envahi (ces scènes de trahison tout confort vont aussi devenir un classique français). Sa femme est avec lui, une belle Mexicaine qu'il a connue lorsqu'il servait là-bas l'éphémère empereur Maximilien. Elle aura fière allure en régente de France. Sa première femme, en revanche, n'aurait pas fait l'affaire : il l'avait connue au bordel. À quelque chose malheur est bon, pense-t-il : elle s'est suicidée quand ses infidélités ont été révélées, il était au Mexique alors, la nouvelle de sa mort lui est parvenue à Puebla en même temps que les lettres qui attestaient sa faute. Elle s'est suicidée, elle avait plus d'honneur que lui.

Le capitaine Rossel, vingt-six ans, « peu soucieux

de rencontrer ses vainqueurs », ainsi qu'il l'écrira, peu désireux « d'aller en villégiature en Silésie », s'échappe de Metz, gagne le Luxembourg, puis la Belgique. Il prend juste le temps de publier dans la presse de Bruxelles des articles terribles sur la capitulation de Bazaine (il a une plume acérée, un style qui se souvient de Tacite), puis passe en Angleterre, et de là en France se mettre au service du gouvernement de la Défense nationale à Tours, dont l'inefficacité ne tarde pas à lui sauter aux yeux. « Vous ne faisiez pas la guerre, écrira-t-il à Gambetta, vous la laissiez faire. » Lorsque éclate l'insurrection parisienne, en mars 1871, il n'hésite pas, envoie au ministre de la Guerre, à Versailles, une lettre de démission insolente, il fonce à Paris, seul officier à rallier la Commune. « Le 18 mars, je n'avais plus de patrie. Le 19 mars, j'apprends qu'une ville a pris les armes, et je me raccroche désespérément à ce lambeau de patrie. Je ne savais pas qui étaient les insurgés, mais je savais contre qui ils étaient insurgés et cela me suffisait. » Délégué à la Guerre, il tente en vain d'organiser les troupes de la Garde nationale. Sa rigueur, son esprit militaire, son ironie déplaisent, il est destitué, mis en accusation. Il pourrait disparaître, quitter Paris, il se réfugie sous un faux nom dans un hôtel du boulevard Saint-Germain, à l'angle d'une rue où habitera, bien plus tard, un président de la République. De temps en temps il croise, sur le boulevard ou sur le quai de la Tournelle, un employé de bureau à qui son crâne en caillou et ses yeux bridés donnent l'air d'un terroriste russe ou d'un bourreau mongol : Paul Verlaine vient d'emménager, avec la très jeune Mathilde, à l'angle du quai et de la rue du Cardinal-Lemoine, dans un appartement des fenêtres duquel il voit sans déplaisir, un soir de mai, les toits de l'Hôtel de Ville, où il travaille, s'effondrer dans une tempête d'étincelles, cependant que des milliers de papiers calcinés s'envolent comme des chauves-souris dans le ciel rouge.

Rossel est désespéré, n'a plus envie de se battre ni de se défendre, il est un absolu paria, sa tête mise à prix par Versailles et par la Commune. Il assiste, anonyme, impuissant, à la Semaine sanglante. Il reste là, écrivant, étudiant des cartes, refaisant cette guerre qu'il a rêvé de mener contre la Prusse et Versailles. Il attend, il se laisse arrêter. « Mon moi ne m'importe plus. » Il est jugé et condamné à mort et à la dégradation militaire pour « désertion à l'ennemi » (article 238 du Code militaire), par le troisième conseil de guerre (celui qui jugera aussi Courbet), présidé par ce colonel Merlin qui s'est, à Metz, comme tous les autres, rendu sans combattre. En prison, il écrit, des articles sur l'art de la guerre, sur Jeanne d'Arc, une comédie politique, des lettres à ses parents, à sa sœur qu'il appelle Bella, qui s'appelle Isabelle, comme une autre sœur célèbre de ce temps-là. « Il ne faut pas regretter ma mort, y dit-il, je suis tout dépaysé dans le monde. » Thiers lui fait proposer sa grâce contre un exil perpétuel, il refuse.

(Vous avez vingt ans, vous êtes romantiques, révoltés, ignorants, vous vous efforcez d'aimer les idoles de la Révolution mondiale (il y a encore, à l'époque, quelque chose dans le monde qui porte ce nom, «Révolution mondiale»), Marx ou Mao, certains poussent le zèle jusqu'à se convaincre qu'ils aiment Staline. Mais une inquiétude en vous, au fond de la part libre et rêveuse qui demeure en vous, résiste au culte des leaders, à la lâche admiration des vainqueurs. Vous êtes très ignorants, pourtant vous vous doutez que la Révolution est un geste dont la grandeur prométhéenne ne résiste pas à sa victoire, que la Révolution victorieuse voit le temps des bureaucrates et des policiers succéder à celui des héros, qu'il n'y a de belle Révolution que dans les premiers moments incrédules, et puis après qu'elle a été assassinée. Rosa Luxemburg jetée dans le Land-wehrkanal, un jour de glace et de sang de 1919, Che Guevara étendu comme un Christ déposé de la croix sur le lavoir de l'hôpital de Vallegrande : ce qu'il y a de moins vulgaire, de moins servile en vous pressent que c'est d'être des vaincus qui les fait si glorieux. La République espagnole, la Commune de Paris, leur histoire ne vous est épopée que parce qu'elle est celle de défaites. Et personne ne te touche plus que ceux qui sont dou-blement défaits, parce qu'ils sont tués pour une cause à laquelle ils ont cessé de croire. Tu as beau t'en défendre, la figure qui te fascine n'est pas celle du militant mais celle, beaucoup plus romantique, de l'aventurier. Tu désires à la fois la fraternité et la solitude. Tu te sens toi aussi «dépaysé dans le monde». Sombre, intransigeant, passionné, désespéré, Rossel est un des héros de tes vingt ans idéalistes et théâtraux.)

Manet n'a pas cru à la Commune, il n'a pas soutenu Versailles non plus. Il se sent pourtant mystérieusement lié au destin tragique du fusillé de Satory. Est-ce parce qu'il est, lui aussi, un révolutionnaire malgré lui ? Non, les choses ne sont pas comparables, les batailles de l'art ne sont pas celles de la guerre civile, les outrages du *Figaro* ne tuent pas comme les salves du peloton d'exécution. Les soldats ont épaulé, le sous-officier abaisse son sabre, sous la fumée qui roule Rossel tombe. Le jour s'est levé. Derrière le peloton, bon ouvrier de la mort préparant son outil, un soldat au képi rouge arme tranquillement son fusil pour le coup de grâce, mais il n'est pas besoin de coup de grâce.

8

Baleines sur la mer bleu cobalt

Valparaíso, au début des années 70 du dix-neuvième siècle, c'était quelques rues qui épousaient la courbe de la baie, entre le *cerro* Artillería et le *cerro* Barón, sur le tracé des actuelles Serrano, Cochrane, Brasil et Pedro Montt. Des édifices d'un ou deux étages les bordaient, agrémentés souvent de vérandas, de clochetons, de frontons : banques, magasins, shipchandlers, hôtels, tripots, bureaux des compagnies de navigation. Beaucoup de ces constructions étant en bois, et souvent remplies de barils de rhum, de pétrole, de suif, de goudron et d'autres substances utiles aux marins, les incendies formaient une des distractions habituelles des citadins. Parfois, c'était des bateaux qui brûlaient en rade, et le spectacle était plus beau encore. Un ponton qui servait de dépôt de poudre et de munitions à la Marine impériale française, et portait le nom prédestiné d'*Infernal*, avait sauté en 1861 devant dix mille spectateurs enthousiastes. Il n'était pas resté une vitre intacte autour du port, il avait plu des débris enflammés qui n'avaient blessé personne (Pertuiset aurait aimé assister à ça). Des forts couronnaient les *cerros*, ces hauteurs qui jettent leurs griffes autour de la baie. Sur leurs pentes, les plumets des araucarias signalaient quelques belles maisons entourées de jardins, comme celle de l'amiral anglais Lord Thomas Cochrane, dixième comte de Dundonald, baron de Paisley et d'Ochiltree, marquis de Maranhão dans l'empire du Brésil. Le rivage était une grève étroite, encombrée d'épaves. Une foule de chaloupes à rames ou à vapeur faisait un incessant va-et-vient avec les navires mouillés dans la baie, en si grand nombre qu'ils entrechoquaient souvent leurs gréements et leurs coques. Une estacade servait au déchargement des marchandises les plus lourdes, mais l'essentiel débarquait à dos d'homme, dans une cohue de porteurs vociférant, sautant dans l'écume, de caisses tombées à l'eau. Il n'était pas recommandé de se faire livrer de la vaisselle les jours où le vent du nord soulevait le ressac. Quand il soufflait en tempête, il était rare qu'il ne jette pas à la côte un ou deux grands voiliers, et cela faisait encore du divertissement pour les badauds, et des tas de choses à récupérer.

Sous le *cerro* Artillería, les grands bâtiments des magasins fiscaux montraient encore les traces du bombardement de la ville par la flotte espagnole, en mars 1866. Whistler, qui avait débarqué à Valparaíso avec le dessein assez byronesque de se battre aux côtés des Chiliens et des Péruviens, n'avait pas eu l'occasion de faire preuve de vaillance : toute la population, garnison comprise, s'était réfugiée sur les hauteurs, et ç'avait été une fois de plus un beau spectacle pyrotechnique. Puis les Espagnols s'étaient lassés (les coups de canon qu'ils avaient tirés avaient d'ailleurs tant ébranlé leurs vaisseaux vermoulus qu'ils étaient sur le point de couler), et chacun était redescendu contempler les dégâts, au milieu des lazzis des petites filles, qui traitaient les adultes de lâches. Whistler avait sorti chevalet et pinceaux, et peint trois toiles, un *Crepuscule in Flesh Colour and Green*, un *Nocturne in Blue and Gold*, et une troisième qui porte ce titre énigmatiquement admirable : *The Morning after the Revolution*, « Le Matin d'après la Révolution ». Toutes trois montrent des navires en rade, à différents moments du jour et de la nuit. Le *Nocturne* et le *Morning* sont peints exactement du même endroit, avec un grand bout de quai barrant en diagonale le bas du tableau. Whistler n'avait pas fait la guerre à Valparaíso, mais il avait commencé à découvrir les jeux de l'eau, de la lumière et de la nuit, l'or tremblant des feux dans l'eau nocturne (Manet s'en souviendrait-il lorsqu'il peindrait, trois ans plus tard, le *Clair de lune sur le port de Boulogne* ? Groupées sur le quai dans la nuit claire que hérissent les flèches noires des vergues, les femmes de pêcheurs en coiffe blanche ont l'air de participer à une réunion secrète. Des étoiles cloutent le ciel, des feux l'ombre, l'eau des bassins brille comme de l'argent). Pendant ce temps-là Jo, sa maîtresse, le modèle de ses *Symphonies en blanc*, posait à Paris pour *L'Origine du monde*, ce qui ne contribua pas médiocrement à éloigner Whistler de Courbet et de tout ce bordel de réalisme (on se souvient à juste titre de l'œuvre pictural de Whistler, mais peu ont lu son *Ten O'Clock*, qui enferme pourtant cette phrase remarquable : «Sachez donc, vous, toutes les belles femmes, que nous sommes avec vous»).

(Valparaíso aujourd'hui : va-et-vient de funiculaires en bois, caisses à demi démantibulées, escaladant les *cerros* entre les maisons bardées de tôles multicolores, grinçant, cahotant entre les bougainvillées, plongeant vers le grand saphir. Escaliers, passerelles, belvédères, raidillons. En bas, sur le port, des empilements de conteneurs répètent la palette des façades. Tu as une chambre sur le *cerro* Alegre, dans la maison du peintre anglais Thomas Somerscales, qui arriva ici marin sur un bateau, trois ans après le passage de Whistler, et en repartit vingt-trois ans plus tard. C'est une des plus belles chambres que tu aies jamais eues, grande et blanche et dépouillée avec le Pacifique pour balcon : le matin, bleus légers, lavés, *Morning after the Revolution*, la nuit, traînées d'or dans l'eau sombre, *Nocturne in Blue and Gold*. Il y a vingt-cinq ans, lorsque tu es venu ici pour la première fois, tu habitais à l'hôtel Prat. Les sommiers couinaient au rythme des amours vénales, quant à toi tu n'avais pour partager ton lit que des punaises d'une taille peu commune. L'hôtel Prat existe toujours, l'entrée se trouve dans une galerie sinistre, sale, entre les rues Condell et Donoso. Lorsqu'on passe, de nuit, *calle* Condell, et qu'on lève la tête vers l'hôtel, on voit des ombres se dessiner sur des rectangles de lumière pâle, on dirait des clichés radiologiques. Une de ces ombres, rêves-tu, c'est peut-être toi il y a un quart de siècle. (Tu es retourné il y a peu, aussi, dans un hôtel où tu étais descendu en compagnie d'une amie, vingt-deux ans plus tôt, à Alexandrie. Ces pèlerinages ont un charme mélancolique. On y cherche à tâtons, on y tire, doucement, ce que Hugo nomme, dans un beau vers d'*Olympio*, « les fils mystérieux où nos cœurs sont liés ». L'hôtel Leroy, rue Tala'at Harb, était déjà une ruine, alors, mais enfin certaines reliques – une vaste baignoire estampillée « Royal Boulton, London », au fond de laquelle traînaient des mégots, un paravent de bois Art nouveau – témoignaient encore d'un passé brillant et cosmopolite. Au fond d'une entrée d'immeuble qui tient de la cave, un ascenseur brinquebale jusqu'à la réception – c'est, comme l'hôtel Prat, un hôtel à l'étage. Avant de te décider, tu y vois s'engouffrer une jeune fille voilée (« bâchée », disent les irrespectueux), puis une autre, une autre encore. La crainte te prend qu'il ne s'agisse désormais d'une résidence pour vierges islamiques, et que tu n'ailles te fourrer dans de sales draps. Tu y vas pourtant. Une revêche enfoulardée de noir est à la réception, elle ne parle pas anglais, ton arrivée la plonge évidemment dans une stupeur dénuée d'aménité.

Tu n'en mènes pas large. Heureusement surgit un moustachu qui parle anglais, lui, et que ta présence n'a pas l'air de scandaliser. Il te montre volontiers une chambre dans un état de dévastation extraordinaire. Tout est défoncé, démoli, il n'y a plus une latte de parquet intacte, des coulures, des taches, des giclures partout, sur les murs, les tapis, le couvre-lit. Derrière les rideaux serpillières s'arrondit la conque éblouissante du port de l'Est. Peut-être était-ce votre chambre. Le dernier vers de «La Mort d'Antoine» de Cavafis te tourne dans la tête: «Comme un homme courageux qui serait prêt depuis longtemps, *apochaireta tin, tin Alexandria pou fevgi,* salue Alexandrie qui s'en va.») Au bout de la rue Cochrane, vers la Douane, il y a des hôtels borgnes et des bars-discothèques pour marins où on doit pouvoir assez facilement se faire casser la gueule, *Kenny's, Wheel House, California, Flamingo Rose, Calipso*, et même un restaurant «Francia» qui pourrait être celui où tu as dîné autrefois. Tu te souviens que la serveuse ressemblait à une tortue et ne savait pas vraiment où ça se trouvait, la France, ni pourquoi le bistro s'appelait comme ça, elle s'en foutait et cela pouvait se comprendre. Au-dessus des toits, surplombant le Pacifique, le cimetière du *cerro* Panteón se termine par un belvédère arrondi qui évoque la poupe d'un navire des morts, des anges de plâtre volent dans les allées où pleurent des jeunes femmes de plâtre.)

Pertuiset débarque à Valparaíso sept ans après que

Whistler y a peint les bleus et les ors liquides de la nuit. En fait d'or, il est sur la piste de celui des Incas. Quand Géraldine lui a débité, d'une voix entrecoupée, son histoire de naufrage en Terre de Feu, il a gobé ça, le gros mérou. Noté cette histoire à dormir debout dans son carnet de moleskine. S'il y a du Sancho en lui, il y a aussi du Quichotte : il a lu trop de romans d'aventures, et trop naïvement, il croit que le monde est plein de testaments écrits à l'encre sympathique et de trésors cachés (il partage cette infantile imagination avec le comte de Villiers de l'Isle-Adam, un aristocrate clochard qu'il croise aux soirées de Nina de Villard, où Manet l'a introduit, et à qui il paie des grogs dans les cafés des Boulevards). Combien de fois n'a-t-il pas relu, le cœur battant, le chapitre du *Comte de Monte-Cristo* où Edmond Dantès découvre le trésor du cardinal Spada ! Il en sait par cœur les principaux passages, la charge de poudre qui fait sauter le rocher circulaire (cet épisode explosif l'enthousiasme, il l'a souvent déclamé, chez Malinowski, à Lima, après quelques cognacs, tapant de son poing énorme sur la table, faisant voler les verres comme le rocher circulaire), puis la dalle avec un anneau de fer, l'escalier, la première grotte, la seconde grotte… Elle a tout inventé, bien sûr, la *señorita*, elle avait juste envie qu'il lui fiche la paix, ce soir-là, elle avait envie de dormir, de dormir vraiment, pas d'un sommeil magnétique (et peut-être un peu, aussi, de se moquer de lui : elle commençait à le trouver pesant). C'est ça le risque avec les « sujets » : ils peuvent très bien mener le magnétiseur en bateau. Entre-temps il a fini par vendre ses fusils (au parti pieroliste, qui tentera bientôt un coup d'État contre le gouvernement pardiste), il est rentré en France, a placé l'argent de la transaction, Géraldine a pris son envol dans le demi-monde, elle se fait désormais appeler Clochette de Miraflores. Le nom, c'est en souvenir de ses triomphes péruviens, le prénom, on ne sait d'où elle le sort, et certains en font des gorges chaudes, enfin, des mauvaises plaisanteries. Manet l'a peinte comme *La Brune aux seins nus*, le nez un peu retroussé, la bouche entrouverte, les cheveux noirs liés derrière la tête, deux accroche-cœurs sur le front, un ruban noir autour du cou, comme Olympia, à quoi pend un bijou, un camée. Elle a un air un peu niais qui n'est pas sans attrait érotique, et des seins magnifiques, généreux, à larges aréoles pâles, qui appellent le creux des mains.

Le vapeur *Araucania*, de la *Pacific Steam Navigation Company*, a mis trente-sept jours pour joindre Liverpool à Valparaíso, trente-quatre depuis Bordeaux, avec des escales à Lisbonne, Rio, Montevideo et Punta Arenas, sur le détroit de Magellan : une si longue traversée laisse tout le temps de faire des connaissances. Le steamer file dans la nuit, laissant dans le ciel des tourbillons d'étincelles et des remous crémeux sur la mer. Les étoiles se balancent dans la mâture. Pertuiset distrait les passagers du salon des premières en racontant des histoires de chasse, quand le cognac l'a mis en train il se met à quatre pattes et imite le rugissement du lion. Le capitaine, un Anglais un peu raide, observe ça d'un air pincé. Mais l'archevêque de Santiago, qui revient de Rome, aime beaucoup, et aussi le ministre des Affaires étrangères, Adolfo Ibañez, de retour de Londres où il est allé acheter des navires cuirassés en prévision d'une petite guerre avec le Pérou. Depuis le pont du paquebot, dans le détroit de Magellan, il voit une grande lueur incendier la nuit au-dessus de la côte de la Terre de Feu : ce sont, lui explique-t-on, les brasiers allumés par les «Feugiens». La grande île est encore inexplorée, on croit que ses naturels sont anthropophages (voilà qui complique les choses). Il note tout dans son carnet de moleskine. Il a son idée derrière la tête : de même que Dantès a profité d'une expédition de contrebande pour découvrir son trésor, lui va tenter de monter une mission d'exploration, à l'abri de laquelle il cherchera, en douce, l'or des Incas. C'est le but de son voyage. La présence à bord de cet Ibañez est une providence, grâce à lui il va circonvenir les autorités chiliennes. S'il pouvait, en plus, leur refiler sa balle explosible... ou leur revendre un stock de dynamite... Il trimballe, comme toujours, son matériel de démonstration avec lui. L'*Araucania* mouille devant Punta Arenas, sur la côte ouest du détroit. Le gouverneur de ce comptoir, le capitaine de vaisseau Oscar Viel, vient à bord saluer le ministre, et Pertuiset en profite pour lui faire force courbettes : ce type va lui être utile. Le paquebot navigue entre des côtes boisées, des montagnes couronnées de neige, des îles couleur de brume. La Terre de Feu est une ligne mauve à l'est. Des baleines écument la mer bleu cobalt, des troupes de dauphins font des entrechats dans l'eau barattée par les roues à aubes. De grands oiseaux planent dans le sillage, qu'il appelle indistinctement des albatros (il a lu Baudelaire), de temps en temps il fait un carton. D'autres fois, installé sur la coursive, bien emmitouflé, il taquine l'aquarelle. «Ces paysages sublimes exigeraient le pinceau d'un Maître tel que vous», écrit-il à Manet.

Le lendemain de leur départ de Punta Arenas, l'*Araucania* fait relâche pour la nuit dans la baie appelée Puerto del Hambre, Port-Famine. Dans ce «site d'une âpre beauté», ainsi qu'il l'écrit dans la même lettre, Ibañez lui raconte l'histoire terrible qui lui a valu son nom. On est au fumoir, assis autour d'une table en acajou dans laquelle se reflètent les visages et les verres, on boit du cognac, l'éminence elle-même ne crache pas sur la gnôle. Par les hublots on voit les dernières lueurs du couchant rosir la neige des sommets de l'île Dawson, la mer ce soir est calme et mordorée. Au début de l'année 1584, le capitaine espagnol Pedro Sarmiento de Gamboa fonde à l'entrée du détroit, côté atlantique, près du cap des Vierges, une colonie qu'il appelle Nombre de Jesús. Trois cents hommes débarquent avec lui. C'est alors que le commandant de la flotte, Diego de la Ribera, décide sans prévenir de lever l'ancre et de rentrer en Espagne, laissant Sarmiento avec seulement une petite caravelle, la *Santa María de Castro*. Il ne perd pas courage, et entreprend une expédition le long du détroit. Parvenu à l'endroit où nous sommes, raconte Ibañez, il fonde une deuxième colonie, qu'il baptise du nom du roi, Ciudad del Rey Felipe. Les maisons à peine construites, ceintes d'un rempart de bois, l'église consacrée, il repart sur la *Santa María* vers Nombre de Jesús. Là, une tempête de sud-est le chasse hors du détroit, dans l'Atlantique. Il va passer le reste de sa vie à essayer de rejoindre ses colons, et il n'y parviendra jamais. Le mauvais temps l'empêche de passer de nouveau le cap des Vierges, il doit se résoudre à fuir vers Rio où il arrive avec un équipage à demi-mort de faim et de froid. Il envoie des lettres à la Cour d'Espagne pour demander des secours. Il repart vers le sud sur la *Santa María*, fait naufrage, survit accroché à une planche. Il embarque des vivres sur un autre bateau, repart, mais de si terribles tempêtes l'accueillent aux approches du détroit qu'il doit jeter sa cargaison par-dessus bord et se réfugier de nouveau au Brésil. Il multiplie les suppliques au roi, par le Sang de Notre Seigneur Jésus-Christ, que Votre Majesté se souvienne de Ses loyaux serviteurs qui se sont, pour La servir, établis dans des régions si lointaines et terribles, confiants dans la miséricorde de Dieu et le secours de Votre Majesté. Philippe II, dans son lointain Escorial, ne daigne pas répondre. Il décide alors d'aller lui-même en Espagne plaider la cause de ceux qu'il a, bien malgré lui, abandonnés au bout du monde. Au large des Açores, il est capturé par le fameux corsaire anglais Sir Walter Raleigh. La royale maîtresse de ce dernier, Élisabeth, demande à le voir, on l'extrait de la Tour de Londres, ils conversent en latin. Elle le libère et le charge d'un message pour Philippe II. Il traverse la France. Dans une auberge des Landes, presque parvenu à la frontière, il est capturé par un parti de huguenots. Il croupit trois ans dans un cul de basse-fosse humide, perdant dents et cheveux, avant que sa rançon soit payée. C'est un vieillard qui arrive enfin devant le roi. Il le supplie de se souvenir du sort de ceux qui sont allés servir sa gloire dans les confins du monde. Philippe II écoute ça avec, répandu sur le visage, l'air de froideur dédaigneuse qu'Alonso Sánchez Coello a montré. Après, on ne sait plus bien. Il semble qu'il meure dans un naufrage devant Lisbonne.

« Voilà un type qui n'avait pas de chance », dit Pertuiset. La trivialité de sa remarque fait lever le sourcil d'Ibañez. « N'avoir pas de chance, comme vous dites, c'est peut-être une part du génie espagnol. » L'archevêque toussote, murmure que Dieu nous tient en sa main, à tout hasard, puis joint les siennes sous son nez. « Imaginez, poursuit Ibañez, le sort de ceux qui sont demeurés sur ces rivages, oubliés par l'Espagne. Les hivers passent, reviennent, le vent charrie un ciel bas, couleur de fumée, le vent crible de neige leurs misérables maisons, gèle leurs misérables cultures, la mer coule leurs misérables barques, les orgues du vent les rendent fous, les Indiens les harcèlent, les tuent. Ils n'ont plus de Dieu à qui confier leurs morts, Dieu les a abandonnés. Ceux de Nombre de Jesús se dispersent le long du rivage, se nourrissant de coquillages, tuant un phoque par-ci par-là, un guanaco, vivant dans des huttes. Ils disparaissent. Ceux de Ciudad del Rey… Quand le corsaire anglais Thomas Cavendish, quelques années plus tard, fait relâche dans la baie, cette baie où nous sommes, dit Ibañez, il trouve une ville morte, avec des morts momifiés étendus dans leurs cabanes de bois, et même un pendu momifié accroché au gibet. Il baptise ce lieu Port-Famine. » Chacun se tait, même Pertuiset. L'archevêque se signe. La nuit est tombée. Du brouillard stagne au fond de la baie. Les neiges de l'île Dawson brillent sous une petite lune.

(Tu te rends à Port-Famine dans l'espoir de voir la tombe du père de Gauguin. Les tombes, pas toutes, mais certaines, te disent quelque chose, c'est ton côté chateaubrianesque. Clovis Gauguin, journaliste républicain, choisit de s'exiler après l'élection de Louis Napoléon Bonaparte. Avec sa femme Aline, fille de Flora Tristan, et ses deux enfants, dont Paul, âgé d'un an, il s'embarque pour le Pérou. Alors qu'on navigue dans le détroit de Magellan, il se querelle avec le capitaine, s'emporte, meurt, littéralement, de rage. On l'enterre à Puerto del Hambre. Tout en roulant sur la piste qui longe le détroit, tu essaies d'imaginer la scène : le bateau quittant la baie, Aline Gauguin sur le pont, veuve désormais, exilée, seule avec ses deux enfants, Marie, deux ans, Paul, un an. Et le capitaine, peut-être légèrement sarcastique. Marin, vingt ans plus tard, il paraît que Paul retourna sur la tombe de son père. La trouva-t-il ? À Puerto del Hambre, il n'y a plus rien, qu'une stèle sous un drapeau chilien, les traces à peine discernables de l'église de Ciudad del Rey Felipe, et les bicoques, hélas, d'une sorte de village de vacances pour militaires. Un peu plus loin, un fort en rondins domine le détroit. « Paysage sublime », aurait dit Pertuiset. À une bifurcation, incongrue, *Nuestra Señora* de la Médaille miraculeuse se dresse sur des échasses de fer « telle qu'elle apparut à Paris le 27 novembre 1830 à sainte Catherine Labouré ». Des cierges luttent contre le vent dans de petits abris de tôle. Peu avant la fin de la piste, dans des solitudes fauve et bleu, voici des croix de bois renversées entre les fleurs sauvages. Le colérique père de Gauguin ne repose pas ici, mais des marins anglais. Une croix plus haute, en pierre, a été dressée à la mémoire du *commander* Pringle Stokes, premier commandant du brick *Beagle*, sur lequel allait embarquer Darwin. « Mort, dit l'inscription, des effets des angoisses et des souffrances éprouvées cependant qu'il cartographiait les côtes occidentales de la Terre de Feu. » Épuisé par le mauvais temps continuel, dépressif, Pringle Stokes s'enferme pendant quatorze jours dans sa cabine, laissant le commandement à son second. Cela fait des semaines qu'ils n'ont pas aperçu le soleil, que le vent pousse contre eux les grandes lames grises, des mitrailles de pluie et de neige. Le 2 août 1828, au mouillage de Port-Famine, il se tire une balle dans la tête.)

9

Un bœuf découpé vif

Sept ans après que Whistler y a peint, quatre ans après que Paul Gauguin, matelot sur le trois-mâts *Chili*, y a fait escale, le chasseur de lions et de trésors débarque donc à Valparaíso. Il descend chez Jules Bradfer, le représentant local de la maison Gévelot (¡*ARMAS DE TODA CLASE!*), *calle* San Juan de Dios. Son idée est d'aller solliciter du gouvernement chilien, à Santiago, un permis d'explorer la Terre de Feu, et même si possible une mission officielle et une aide. Il compte pour cela sur son ami Ibañez, à qui il s'est déjà ouvert de son projet (quant à l'archevêque, ses prières ne seront pas inutiles pour le protéger des anthropophages). Mais auparavant, il faut qu'il dédouane ses bagages et, vu leur nature, ces formalités prennent toujours un certain temps, même quand on n'a pas affaire à des prédateurs comme Tomás Gutiérrez. De la cale de l'*Araucania*, on transborde sur une allège, en plus des malles contenant ses effets personnels et ses escopettes, tout son nécessaire à fabriquer des balles «explosibles», pinces, limes, forets, viroles, sertisseurs, écouvillons, moules, amorces, œilleton, sacs de poudre, et quatre caisses de cartouches de dynamite pour faire des démonstrations : c'est, en quelque sorte, sa carte de visite. Ce jour-là la mer est calme, tout arrive intact au rivage.

En attendant de pouvoir prendre le train pour Santiago (on vient d'inaugurer un service de wagons-lits), il ronge son frein. Bradfer n'est pas une personne de la même qualité que Malinowski, il n'a pas de si hautes fréquentations ni une conversation si intéressante, enfin il serait exagéré de le dire «éminent». Pertuiset le snobe un peu, il joue auprès de lui, pour l'impressionner, le rôle du Parisien et de l'artiste. Il tue le temps en se promenant le long du rivage, observant le mouvement des bateaux, importunant les débardeurs, qui feraient certainement un mauvais parti à cet étranger s'il n'était si massif, avec de si gros poings. Il se fait tirer le portrait chez le photographe français Émile Garreaud : on le voit assis dans un fauteuil, jambes croisées, haut-de-forme en tête. Il a laissé pousser de nouveau ses larges favoris. Il porte peut-être le costume de casimir qu'il s'est fait couper chez un autre compatriote, un tailleur dont le nom, Sapin, ne lui laissait pas espérer une grande carrière en France. Il sirote des vermouths à la Maison Dorée (la réputation de l'établissement parisien est telle qu'il y a, ici aussi, un restaurant qui porte ce nom), fumant, lisant le journal, se faisant cirer les pompes, se curant les dents avec force *palitos*. Il suit dans *El Mercurio* les comptes rendus du procès Bazaine, qui parviennent par les bateaux d'Europe, avec cinq semaines de retard. Immense assistance, à Versailles, dans une salle du Trianon. Duc d'Aumale préside le conseil de guerre. Maréchal n'a rien tenté. Dix-sept millions de cartouches dans l'arsenal quand il s'est rendu. Onze mille soldats morts en captivité en Allemagne, mieux valu qu'ils meurent au combat. Livré les drapeaux aux Prussiens. Complotait pour restaurer l'Empire. Accusé impassible. « Ma conscience ne me reproche rien. » Il lit son portrait dans *El Americano* : physionomie peu sympathique, regard torve, chauve, petits yeux, petite moustache, bouche sensuelle, cou bourrelé de graisse. « Les événements dépassaient les forces humaines. » « Ma conscience ne me reproche rien. » Quasi obèse, grand cordon de la Légion d'honneur. Pertuiset est indigné. C'est un patriote intransigeant, même s'il n'a pas tiré un coup de fusil contre les Prussiens, ainsi que le lui rappelait cruellement Tomás Gutiérrez : vantard, fier-à-bras, armons-nous-et-partez, il est décidément très français. C'est peut-être ça qui amusait Manet. Manet qui va assister à toutes les séances du conseil de guerre, au Trianon, avec son ami Antonin Proust. Au cours d'une audience, il crayonne la scène à la mine de plomb, la tête de Bazaine en boule de billard, tête chinoise, un peu, un vieux mandarin… les épaulettes, les robes noires des avocats. Il est indigné, lui aussi, par la passivité de l'accusé, il ne comprend pas qu'il ne se batte pas. Lui s'est toujours battu, contre les conventions, contre les insultes, le découragement. Contre les Prussiens, même. Sans en faire d'histoire, sans prendre la pose, ni celle du martyr ni celle du héros, à sa manière enjouée, légère, passez muscade. Lui aussi est assez français, à sa façon : mais c'est une autre France, une autre histoire.

Un jour que Pertuiset lit *El Mercurio* à la Maison Dorée, il tombe sur l'annonce d'un spectacle qui le tente aussitôt : *La Joven Colosal !* La Jeune Géante ! « Un de ces spectacles que la Nature ne prodigue que de loin en loin. La Jeune fille colossale n'a que dix-neuf ans et pèse seize arrobes. » Une arrobe, combien ça fait, déjà ? Marqué ça dans le carnet de moleskine… Onze kilos cinq cents. C'est-à-dire que… Bon Dieu ! Dans les cent quatre-vingts kilos ! « On peut affirmer avec certitude que c'est la seule qu'on ait vue jusqu'à présent allier la proportion phénoménale des membres à la beauté, la grâce, l'affabilité, l'agilité propres aux personnes de son âge. Ses cuisses, mesurées décemment, font cinq palmes de tour, et ses mollets trois palmes et demie. » À quelle hauteur s'arrête la décence ? Bon, une palme égale… carnet de moleskine… un peu plus de vingt centimètres. « Elle est douée d'une intelligence notable, et répond en espagnol et en français aux questions qu'on lui pose. » Car la Jeune Géante est alsacienne, en plus ! L'Alsace qu'on nous a prise ! L'article précise encore que si on lui pose une question indiscrète ou indélicate, elle répond avec à propos, et un sourire de reproche. Pertuiset décide aussitôt d'aller voir son énorme compatriote. C'est le genre de spectacle dont il est friand. Et puisqu'elle est alsacienne, c'est presque une manifestation patriotique. C'est au numéro 12 de la *calle* de la Victoria, en face de la Loge maçonnique. Il y court.

L'entrée coûte quarante centavos. La jeune fille colossale est assise sur une sorte de trône. Elle est vêtue d'une robe rose assez décolletée, et si son corps n'est pas, et de loin, aussi gracieux que le prétend *El Mercurio*, il est vrai que sa tête, ses mains et ses pieds sont petits et assez joliment dessinés. Elle a des yeux sombres, des cheveux bruns en bandeaux, elle est chaussée de mules roses, elle évente son corps prodigieux avec un éventail de nacre (on est en décembre, c'est l'été austral, et il fait à Valparaíso une chaleur éprouvante, avec orages, incendies, et feux Saint-Elme sur les vergues des navires en rade). Ce n'est pas elle cependant qui cause la stupeur de Pertuiset, mais son… comment l'appeler ? Son cornac ? Son impresario ? Enfin, le type qui se tient à ses côtés, fait admirer ses proportions, surveille que tout se passe bien : c'est du Bisson ! Le comte du Bisson, aussi comte que Clochette de Miraflores est duchesse (il prétend descendre de cet homonyme général d'Empire dont Brillat-Savarin rapporte que, buvant huit bouteilles de vin à son déjeuner, « il n'était pas plus empêché de donner ses ordres que s'il n'eût dû boire qu'un carafon » ;

s'il descend de lui, c'est par la bouteille, car c'est un ivrogne doublé d'un mythomane). Tout le monde, enfin les papoteurs du Boulevard, croit qu'il a été fusillé, à Montmartre, comme général de la Commune! Ce type est venu, il y a une dizaine d'années, proposer à Pertuiset une affaire mirifique consistant à faire main basse sur les trésors supposément entassés depuis des siècles, dans les souterrains de La Mecque, par les pèlerins! Or et argent du Yémen! Rubis de Coromandel, perles de Zanzibar, topazes de la Perse! Il avait les plans! C'est un Turc qu'il avait sauvé de la noyade, à Messine, un *wali* du Hedjaz, qui lui avait refilé le tuyau! Cette abracadabrante histoire lui a été servie, Pertuiset s'en souvient bien, au Café Riche, c'était peu de temps après son retour d'Algérie. Du Bisson lui avait raconté aussi comment il avait été reçu par le Négus en Abyssinie, où il trafiquait des armes. Théodoros avait offert un festin en son honneur. Il y siégeait entre deux lions (noirs), au haut bout d'une table d'ébène et d'ivoire. On avait amené un bœuf, on l'avait attaché à un anneau au sol, puis deux esclaves, lui ayant rapidement incisé le cuir autour du poitrail, l'avaient dépouillé de sa peau jusqu'aux membres postérieurs. Ils avaient découpé l'animal vivant, mugissant horriblement, et servi les hôtes de cette viande que des mouvements nerveux agitaient encore. Une jeune et belle Abyssine, anneaux d'or aux oreilles, une croix d'or au cou, lèvres longues bleues d'antimoine, lui fourrait des morceaux dans la bouche, à chaque fois qu'elle se tournait vers lui pour lui donner cette becquée, sa barbe ruisselante de sang caressait ses seins. Tout autour du festin des icônes d'or gréconègres, des croix bossuées de cabochons et de pierreries diffractaient l'éclat des torches, des peaux d'ennemis empaillés étaient pendues à des crocs. Une fois repus, les convives se laissaient tomber au sol, les corps se nouaient, les mains dénudaient, arrachaient, les bouches se mordaient, les sexes se trouvaient, se prenaient, les rugissements, les feulements, les halètements de plaisir se mêlaient aux mugissements d'agonie du bœuf déchiqueté vif. Seuls les lions restaient impassibles.

Il a beau être lui-même un orfèvre en matière de plans absurdes, Pertuiset n'avait pas marché dans la combine de La Mecque, qu'il trouvait excessivement hasardeuse. Pour s'en débarrasser, il avait présenté le prétendu comte à Villiers de l'Isle-Adam, qui rêvait de trésors (c'était une lubie familiale : son père, qui vivait dans la gueuserie la plus noire, murmurerait au moment de mourir, sur une paillasse posée à même le plancher d'une mansarde, qu'il avait réalisé le rêve de sa vie, laissant à son fils «une fortune égale à celle des plus grandes familles princières du monde»). D'ailleurs Villiers, qui prétendait aussi être le dernier Grand Maître de l'ordre de Malte, avait à ce titre un vieux compte à régler avec les musulmans, et les Turcs en particulier. Cependant, il avait vertement éconduit du Bisson. Il ne voyait pas que ce fût très chevaleresque de s'emparer de richesses amassées par la piété. «Apprenez, Monsieur, qu'un Villiers de l'Isle-Adam ne s'abaisse pas à voler, même ses ennemis.» Après cela, Pertuiset n'avait revu du Bisson que de loin en loin. Il n'avait pas été étonné d'entendre dire qu'il avait fini fusillé. Dans cette salle torride de la *calle* de la Victoria, à Valparaíso, à côté de la Jeune fille colossale qui, voyant qu'elle n'est plus au centre de l'attention, en a profité pour s'assoupir sur son trône, sa petite tête reposant sur son énorme poitrine, l'éventail tombé dans son giron, le soi-disant «général» de la Commune raconte comment il a fui Paris lors de la Semaine sanglante, dissimulé dans un cercueil (comme Jean Valjean ou comme Edmond Dantès, encore: tous ces gens lisent beaucoup de romans). Ils se donnent rendez-vous pour dîner à la Maison Dorée.

Du Bisson, bien sûr, n'a jamais été général, ni de la Commune ni du Négus. Il était juste chef de bataillon dans la Garde nationale, un de ces pochards indisciplinés dont Rossel a vainement essayé de faire une armée. Capables de moments d'héroïsme, et puis quittant soudain le front parce qu'ils ont soif ou une brusque envie d'aller aux putes. Ou parce qu'ils s'ennuient, la guerre est souvent ennuyeuse. Il est un de ceux qui se sont débandés lors d'une sortie dirigée par Rossel à Courbevoie. Attablé à la Maison Dorée, devant un canard au sang arrosé de force rasades de bordeaux (Pertuiset a étalé une serviette sur son vaste poitrail), c'est une tout autre histoire qu'il raconte. Il était un proche du fameux général Dombrowski, ils parcouraient ensemble les lignes de l'Ouest parisien, il l'a sauvé un jour que son cheval s'était abattu sous lui, éventré par un éclat d'obus, il a été parmi les derniers défenseurs du fort d'Issy, tout brûlait autour de lui, il a emporté le grand drapeau rouge qui flottait sur les murailles afin qu'il ne tombe pas aux mains des Versaillais. Ses hommes l'adoraient. Il insiste là-dessus. Ils se seraient fait tuer pour lui, tous. Jusqu'au dernier. Ils l'adoraient parce qu'il donnait l'exemple. Il était plus dur avec lui-même qu'avec les autres. Tous les lieux communs du commandement y passent. Pertuiset gobe tout. Curieusement, les vantards, qui devraient être vaccinés contre la hâblerie, sont portés à ajouter foi aux élucubrations des autres vantards. Et l'énormité du mensonge, l'aplomb avec lequel il est asséné leur semblent une garantie de véridicité. C'est l'expression d'un doute, d'une nuance, d'une ironie, qui leur mettrait la puce à l'oreille. Il est donc persuadé d'avoir devant lui un grand chef militaire. Il sait bien que lui, au fond, n'y entend rien. Ce n'est pas parce qu'on fait des cartons devant des altesses qu'on est un grand capitaine. Il pense avoir trouvé le type qu'il lui faut pour monter son expédition en Terre de Feu. Sa *baraka* l'a servi (c'est encore un des quelques mots d'«arabe» qu'il connaît, qu'il a débités aux Bédouins de Mohamed, à Lima). Il ne va pas lui proposer le commandement, bien sûr, c'est lui, le chasseur de lions, qui dirigera, ce ne peut être que lui, mais il s'appuiera sur du Bisson, en cas de bataille avec les anthropophages feugiens, son expérience militaire fera merveille (il se frotte intérieurement les mains). Il ne va pas non plus lui révéler le vrai but de l'expédition, non, il n'est pas si bête. Le moment venu, on avisera.

« Cher ami, lui dit-il, puis-je compter sur votre absolue discrétion ? » (Il est toujours bon de commencer par ce préambule pour donner du poids à ce qu'on va dire.) L'autre porte la main à son cœur : « En doutez-vous ? Croyez-vous que j'aurais pu exercer les responsabilités que je vous ai dites si je ne respectais l'austère loi du secret ? » (L'expression lui paraît belle, de nature à impressionner.) « Ne vous fâchez pas. Je ne vous posais cette question que parce que j'en connaissais la réponse. Écoutez-moi donc : je compte mettre sur pied une expédition scientifique (il appuie sur le mot) en Terre de Feu. Vous n'ignorez pas que l'île est encore inexplorée. Vous savez aussi sans doute qu'elle est peuplée de naturels qu'on dit anthropophages : je ne vous dissimule pas les difficultés de l'aventure. Qu'y a-t-il à y gagner, alors ? Des terres que nous nous ferons attribuer. Des richesses minérales, peut-être, sans doute : qui sait si les rivières ne roulent pas de l'or ? Mais surtout, cher ami : la gloire ! La gloire d'ouvrir une terre nouvelle à la Civilisation ! D'augmenter le trésor des connaissances humaines, d'inscrire son nom au bas de la page du Progrès ! » (Il mélange un peu les métaphores, il est plus habitué à parler explosifs que Lumières.) « Je vais à Santiago discuter avec les plus hautes autorités chiliennes, j'ai, je peux le dire, des appuis éminents, dans les cercles les plus influents du pays, et je ne doute pas du succès de mes démarches : serez-vous des nôtres ? » Du Bisson réfléchit qu'il y a, pour un vantard, un plus grand profit à escompter de l'exploration de terres vierges que de l'exhibition d'un phénomène de foire (qui, au demeurant, ne fait pas vraiment recette). Sans compter que… s'il pouvait capturer un anthropophage feugien, il remplacerait avantageusement l'Alsacienne… Ça pourrait être d'un bon rapport… Chacun est convaincu d'avoir roulé l'autre : l'affaire est conclue.

Voici Pertuiset à Santiago. Introduit par Ibañez, il court les bureaux, les audiences, il sollicite, il flagorne, fait des ronds de jambe, il rédige des mémorandums, il donne de l'Excellence à tous ses interlocuteurs, il traite dans les meilleurs restaurants, fait étalage de ses relations parisiennes et dans les cours internationales. Le président en personne, Don Federico Errázuriz (un « homme remarquable », est-il besoin de le préciser), le reçoit (ah, regrette le chasseur de lions : s'il avait pensé à emmener sa peau… Il aurait pu en faire présent à l'Illustrissime). Le maire de Santiago, Benjamín Vicuña Mackenna (« un homme d'un rare mérite »), a l'ambition d'être le Haussmann chilien, il est justement en train de tracer, à grands coups d'explosifs, un parc paysager sur la colline escarpée du *cerro* Santa Lucía. Pertuiset lui offre ses cartouches de dynamite, qui font merveille. Il obtient beaucoup de succès, aussi, avec une «mitrailleuse de poche», une sorte de revolver à dix canons de son invention. Il a moins de chance avec les feux d'artifice. Le 12 février, jour de la fête nationale, il annonce par voie de presse que les maisons Gévelot et Ruggieri, dont il est administrateur, vont offrir aux habitants de Santiago un spectacle pyrotechnique comme ils n'en ont jamais vu, le même que celui qui a été donné à Paris pour l'inauguration de l'Exposition universelle. Une féerie lumineuse! Digne des Mille et Une Nuits! Le soir, chacun retient son souffle. Bradfer est venu de Valparaíso, avec un ancien artilleur affublé du nom de Rouston, un champion. Les premières fusées, ailes de moulins et doubles gloires, s'envolent au milieu des cris d'admiration. Mais une étincelle tombe sur les pièces qui attendent d'être tirées, et c'est une petite éruption volcanique. Fulgurations, crépitements, pétarades, toupies et geysers de feu, ça fuse dans tous les sens. Le maire et sa suite, qui s'intéressaient de près à la manœuvre, doivent se hisser en toute hâte sur un rocher élevé, avec Pertuiset, Bradfer et Rouston. Ils restent coincés là, ombres noires cernées de flammes, de fumées rouges et vertes, de pluies d'étoiles d'or, un mouchoir sur le nez, le temps que tout se consume. Pertuiset s'en arrache les favoris, mais finalement on ne lui en veut pas, sa déconfiture amuse. On l'autorise à monter son expédition, on lui prêtera même assistance. «Le *señor* Pertuiset prépare une exploration de la Terre de feux d'artifice», titre ironiquement le journal *El Ferrocarril*.

(Il y a quatorze ans, tu es à Santiago. Tu possèdes encore une petite photo, la dernière, de la fille qui t'a quitté. Tu déchires cette photo en menus morceaux que tu jettes dans le Río Mapocho, depuis un pont de fer près de l'ancienne gare du chemin de fer de Valparaíso. Tu es peut-être un peu théâtral. Ensuite, tu te fais arnaquer, dans le parc qui longe le Mapocho, par une Gitane aux beaux seins, moulée dans une robe fuchsia, autant qu'il t'en souvienne. Elle te demande de faire un vœu, et tu dis *que alguien vuelva*, «que quelqu'un revienne» (assez théâtral, *bis*). Tu ne sais comment cela se passe exactement, mais elle t'embobine si bien qu'elle se retrouve bientôt avec tous tes pesos dans la main. Tu essaies de les reprendre, elle crie, ameute les passants contre le gringo qui l'agresse, tu n'as plus qu'à fuir la queue basse. Tu courtises une jeune comédienne dont tu as fait, sans la connaître, un personnage d'un de tes livres (c'est une histoire un peu compliquée), tu bois des quantités déraisonnables de *pisco sour*, après quoi tu lui fais des dessins selon une technique que tu inventes, que tu appelles *a sangre y tinta*, au sang et à l'encre : tu t'entailles les doigts pour en faire goutter du sang sur le papier, que tu mélanges à l'encre, cela donne des noirs mordorés. Tu es, encore, assez théâtral, mais enfin elle est comédienne. Tu dois l'effrayer un peu, quand même. Aujourd'hui, elle est une des actrices les plus connues du Chili. À un kiosque de l'Alameda, tu vois son visage étrange, long, osseux, en une d'un magazine people. *¿Que tiene ella que no tenga yo?* dit le titre : « Qu'est-ce qu'elle a que je n'ai pas ? » « Elle séduit comme peu, c'est une tueuse d'hommes », est-il dit encore sur la couverture. Tu achètes le magazine, tu lis l'entretien tout en déjeunant près de la Bibliothèque nationale, sous le *cerro* Santa Lucía où pétaient les feux d'artifice de Pertuiset. Entre des tas de choses, tu retiens qu'elle est en train de lire *Les Détectives sauvages* de Roberto Bolaño et « une biographie de Marguerite Duras ». Quelques jours plus tard, on te donne son numéro, tu l'appelles. Tu es intimidé, tu parles très fort au téléphone, marchant en rond dans ta chambre d'hôtel.)

10

Un gnou entre au Jardin des Plantes

Berthe est debout devant lui, Espagnole, en longue robe noire sous laquelle passe un escarpin rose, une fleur rouge dans les cheveux, l'avant-bras nu, la main gauche portée au ruban noir qui toujours cerne les cous des femmes qu'il peint, de ses femmes, en un geste qui peut être de surprise, de confusion, ou bien encore d'invite. Ce si peu de chair si éclatant dans tant de noir, visage à la bouche moqueuse, main et avant-bras, et le soulier qui semble de chair. Berthe est devant lui, assise, en longue robe noire, sur une chaise blanche, son pied gauche sort de sous la robe, chaussé d'un escarpin rose, et le bas de la jambe droite audacieusement croisée sur l'autre, la très longue cheville, très fine, gainée de ces bas blancs que portent les femmes qu'elle peindra, elle, au bout de quoi on imagine l'escarpin rose battre la mesure, impatient un peu : « En aurez-vous bientôt fini ? – Bientôt fini de quoi ? – De la séance de pose, de votre jeu avec moi. De me prendre pour une jolie fille. »

L'avant-bras gauche tient un éventail à demi ouvert devant le visage, les yeux se voient entre les lames, la bouche, rouge, est à la jointure. Au cou le ruban noir. Manet vient de s'installer dans un nouvel atelier au 4, rue de Saint-Pétersbourg. Panneaux, poutres et cheminée de chêne, piano couvert de boîtes de couleurs, vases, Minerve en plâtre, corbeau empaillé, narguilé, un chat gris en faïence, une carapace de tortue marine, cadeau de Pertuiset, une guitare, mille bricoles. Les journalistes qui visitent l'antre du révolutionnaire sont déçus. Ils s'attendent à découvrir une cabane sauvage, un provocateur hirsute, ils voient un homme affable, élégant, dans un studio aux boiseries sombres, un peu solennel. Ils ne comprennent pas qu'on puisse être révolutionnaire et courtois, et bien mis. Un révolutionnaire qui fait le révolutionnaire, on sait se débrouiller avec ça, on le reconnaît de loin, on peut toujours le fusiller, on ne se gêne pas, les fosses communes sont à peine refermées, mais un révolutionnaire qui a l'air d'un bourgeois ? C'est embêtant. À gauche, sous le pont de l'Europe, fument les locomotives. Le temps s'en va comme la fumée des trains. Il peint Victorine, dix ans après *Olympia*, assise au-dessus des voies, beaucoup plus bourgeoisement mise qu'alors, en robe bleue, dentelles aux poignets, ses cheveux roux dénoués sous un bibi de paille noire, un peu épaissie, une enfant à ses côtés, de dos, en robe blanche. Elle a toujours ses yeux impavides. Elle aime les femmes à présent, on la voit de temps en temps s'arsouiller, se bécoter avec Clochette de Miraflores, à La Nouvelle Athènes, au Rat-Mort, place Pigalle, ou bien chez Dinocheau, rue Bréda. Cela choque Zola, qui vient parfois en ces lieux s'embuer les lorgnons à la flamme des punchs, se plaindre auprès de ses amis de maladies imaginaires. Puritain au fond, conformiste, il peindra de telles scènes, avec dégoût, dans *Nana*. (Place Pigalle, aujourd'hui, à l'emplacement de La Nouvelle Athènes, on achève un petit immeuble paré de calcaire poli, ouvert de grandes baies en léger encorbellement ; en face, de l'autre côté de la rue Frochot, « Le Cupidon, Night Club, Live Show, Théâtre X », scintille de néons rouges et bleus, on recherche des hôtesses : ici on s'absinthait à l'enseigne du Rat-Mort, Rimbaud plantait la lame d'un couteau dans la main de Verlaine. Au 16 de la rue Henri-Monnier, nom actuel de la rue Bréda, une boulangerie conserve apparemment, dans ses miroirs, les moulures de stuc qui ornent son plafond peint, quelque chose du décor du cabaret Dinocheau. Les boulangers arabes, derrière les présentoirs où s'alignent paninis et sandwichs au thon, ont l'air surpris – plutôt agréablement – d'apprendre que de grands fantômes hantent leur boutique).

Berthe est devant lui, en robe noire, chapeau noir à brides dont l'une s'enroule autour du cou, son corsage s'échancre sur un peu de chair que barre le tour de cou, un bouquet de violettes piqué dedans. Des mèches folles, châtain. Dans les yeux, très grands, sur la bouche, aux lèvres à peine entrouvertes, un air d'étonnement léger, on dirait qu'elle demande : «Vous croyez, vraiment ?», une pointe d'ironie dans la voix. Berthe est allongée devant lui, sur un sofa, en robe noire que serre une ceinture, échancrée sur les seins, une fleur, une rose peut-être, piquée dans l'échancrure. Un foulard noir barre son cou. Robe noire de Velázquez, robe noire de la Passante baudelairienne. «Ô toi que j'eusse aimée, ô toi qui le savais.» Il est impossible qu'il n'ait pas ces vers en tête cependant qu'il peint Berthe. Il a ces vers en tête cependant qu'il la peint. Si peu de chair si éclatant dans tant de noir. Si peu de noir si éclatant dans tant de chair. Les cheveux haut attachés forment une ogive sur le front, mèches tombant presque sur les yeux immenses, cascadent sur la nuque. Yeux immenses, belle bouche dont les coins remontent, elle le regarde avec une expression de défi moqueur, d'insolente audace. De triomphante jeunesse, aussi. Elle est extrêmement belle. Il la peint allongée sur un sofa, contre un mur tendu de pourpre où se devinent de pâles motifs floraux, puis, jugeant la pose trop lascive, il coupe presque toute la toile, ne gardant que le buste et la tête. Il multiplie les portraits d'elle. Lui qui a l'habitude de faire poser si longtemps ses modèles, de revenir, de gratter, reprendre, repeindre cent fois les visages, il saisit dans la fièvre, il enlève sans hésitation, sans repentir. Ils savent qu'ils se perdent, qu'ils ne seront jamais l'un à l'autre. La peinture dit ce qui s'en va. Les livres aussi.

Un jour, ayant quitté tôt son atelier, il lit le journal chez Tortoni. C'est «l'heure verte», celle de l'absinthe – six heures du soir. Il vient d'achever le portrait de *Berthe étendue*, il lui semble qu'il est parvenu à montrer quelque chose du désir. Ses personnages, on le lui reproche – mais que ne lui reproche-t-on pas? – ont l'expression indifférente, le regard vide des statues. Cette Berthe-là, ses yeux brûlent. De quoi? D'amour encore, de colère? Il est rare qu'il soit seul, il est célèbre depuis peu – «plus célèbre que Garibaldi», ironise Degas –, et pas seulement d'une gloire scandaleuse. Il vient d'exposer au Salon, qui pour une fois l'a reçu, un des tableaux les plus vulgaires qu'il ait jamais peints. *Le Bon Bock* est le portrait d'un petit gros à la trogne laquée de rouge, buveur de bière et fumeur de pipe. Du naturalisme sans retenue, de la scène de cabaret pittoresque. Voilà Zola rassuré, qui ne comprenait plus guère sa peinture. Succès immédiat. Ses ennemis désarment. Il y a, répandu sur tout le crapaudesque personnage, une réplétion, une mesquinerie satisfaite qui touchent aux tripes une certaine médiocrité française. Manet est un peu troublé par ce triomphe subit. N'a-t-il pas pactisé, donné des gages au goût bourgeois? N'est-ce pas de la peinture pour Monsieur Thiers? Qu'est-ce que trahir? Il remue ces doutes, tout en feuilletant distraitement *Le Journal illustré*. «Le transport *L'Orne*, commandé par le capitaine de frégate de Vignancour, vient d'appareiller de Brest. Il va conduire dans la Nouvelle-

Calédonie un convoi de cinq cents condamnés provenant des forts Saumonard et Boyard, et de la citadelle de Quélern. » Le voyage est prévu pour durer cinq mois. Parmi les déportés, Henri Rochefort (dont il peindra le portrait, huit ans plus tard, en même temps que celui du chasseur de lions). Dans la cale des femmes, que surveillent des sœurs de Saint-Vincent de Paul, Louise Michel, « l'institutrice du dix-septième arrondissement », occupe le hamac numéro 16. Rochefort, Louise Michel, ceux-là n'ont pas pactisé. Ce Rossel non plus, à l'exécution de qui il s'est rendu, pour des raisons qu'il n'arrive pas bien à démêler. Mais lui non plus n'a pas pactisé. D'ailleurs, tout cela est absurde. On ne peut comparer l'art et l'action révolutionnaire. L'art ne promet rien, ne raconte pas des histoires sur l'Avenir. L'art invente un présent prodigieux, c'est tout. L'art ne fait pas serment, n'a pas de militants, quelle blague… C'est une conjuration avec soi seul. Et puis – ce n'est pas un esprit mélancolique – il éloigne ces interrogations, il poursuit sa lecture. « Le Shah de Perse visite Paris. Ses diamants sont déjà légendaires. » Nasser-ed-Din en porte paraît-il au-dessus du front, sous forme d'aigrette, sur les épaules, en torsades, sur la poitrine, comme une sextuple rangée de boutons, enchâssés autour de la ceinture, incrustés sur la poignée et le fourreau de son cimeterre. La lumière se décompose sur les milliers de facettes des pierres, fulgure autour de lui, il va environné d'une sorte de fourrure de menus éclairs. Doit être curieux à peindre. «Nouvelles acquisitions du Jardin des Plantes : LE GNOU. Il rappelle à la fois le bœuf, le cerf et le cheval : le premier, par ses cornes ; le second, par ses jambes ; le troisième par sa crinière, sa croupe et son encolure. Il a la vue bonne, l'ouïe et l'odorat d'une grande finesse et, malgré son air farouche, c'est un animal très doux.» Chaque fois qu'il lit quelque chose relatif aux animaux sauvages (ça lui arrive rarement), il pense à ce brave Pertuiset. Qu'est-ce qu'il devient, ce gnou ? (Il y a, dans *Le Journal illustré*, un dessin de gnou, et il trouve qu'il ressemble au chasseur de lions, avec ses touffes de poil sur les fanons.) Au moment où il s'interroge ainsi, vaguement (c'est la plus superficielle de ses pensées, comme la dernière couche d'un glacis, sous laquelle il y a les doutes que suscite le succès mondain du *Bon Bock*, et, encore en dessous, le trouble dans quoi l'ont jeté les séances de pose avec Berthe, ce sentiment qu'il a de ne la saisir bien que parce qu'il la perd), au moment où, machinalement, il s'interroge ainsi, il sent derrière lui une grosse silhouette, il voit un chapeau fouetter l'air à sa droite, en un geste de salut théâtral, cependant que retentit un «cher Maître !» qui lui fait un peu honte : c'est lui, bien sûr, Pertuiset, de retour du Chili. «Je vois que vous vous intéressez au gnou. Le gnou, cher Maître, est un animal ridicule, la proie de prédilection du lion.»

Il raconte, volubile, emphatique, postillonnant, il prépare un voyage d'exploration, la Terre de Feu, les terribles sauvages feugiens, très anthropophages, une nouvelle page du Progrès humain, la Civilisation jusqu'aux confins les plus reculés, la Gloire de notre Patrie, sa vocation à éclairer le monde. Le président du Chili, un esprit distingué, d'ailleurs très francophile, un parfait gentleman. Manet écoute, amusé, ces inepties enflées. Dommage, songe-t-il, qu'on ne puisse pas peindre les discours. À défaut de peindre les mots, je peindrai un jour la bouche qui les profère. C'est vrai qu'il ressemble à un gnou. Un gnou terrassant un lion, ce serait drôle. Je peindrai la vulgarité, encore, mais pas en semblant la caresser comme avec ce buveur de bière, non : de façon telle que son ridicule éclate. En attendant, Pertuiset est à Paris pour recruter une petite troupe, « des hommes alliant le courage d'un chevalier au sens pratique d'un entrepreneur, des hommes enfin incarnant l'idéal de l'Explorateur, type achevé de l'Homme européen ». Dans une semaine, il organise un déjeuner de presse au Café Riche, avec « d'éminents journalistes, des personnalités en vue de la vie parisienne. Si j'osais vous demander… me feriez-vous l'honneur… cher Maître ? ». Manet est d'un naturel curieux et facétieux, il ira.

Le jour dit, dans un salon tendu de cramoisi du Café Riche, se pressent échotiers, noceurs et demi-mondaines. Pertuiset, très en verve rhétorique, évoque la Patrie blessée, l'Honneur national. Les grands peuples sont ceux qui trempent leurs forces dans les expéditions lointaines. L'or qu'on ne manquera pas de trouver en

Terre de Feu servira à financer la Revanche. « La route qui mène à Strasbourg, je ne crains pas de le dire, assène-t-il, énorme, lyrique, passe par le détroit de Magellan. » Applaudissements nourris, émotion, lorgnons qui tombent, qu'on essuie. On passe à table. Le menu promet du « perroquet d'Araucanie » (des perdreaux trop cuits, arrosés de bitter), du « cuissot de guanaco » (du cochon un peu faisandé et frotté de piment) et autres délices patagons. Les verres vont aux lèvres, les moustaches se torchent, les couverts tintent, les mains se baladent vers les hanches des voisines, les pieds se remuent, se trouvent sous la table, les braguettes se tendent, on est loin du détroit de Magellan. Valtesse de La Bigne pousse de petits gloussements, le reporter du *Gaulois* exagère, la gamahuche un peu trop fort, le prince Lubomirski trouve que le goût du guanaco lui rappelle celui d'un âne sauvage qu'il a mangé dans l'île de Java. Froufrous froissements d'étoffes dans l'île de Java que faisiez-vous là ? Georges Duroy, jeune échotier à *La Vie française*, recrache l'aile de perroquet d'Araucanie qu'il s'est précipitamment fourrée en bouche (il ne mange pas tous les jours à sa faim, il a dû louer son habit, n'en possédant pas), le cuisinier y est allé trop fort sur le bitter. Le lendemain, malgré tout, il paie son écot : « Aujourd'hui, il est sur le boulevard des Italiens, lit-on dans son journal. Dans quelques mois, il sera dans la Terre de Feu, à la tête de quelques centaines de hardis explorateurs. Le boulevard des Italiens ! La Terre de Feu ! Quel contraste et quelle ressemblance! Ici un espace étroit où l'homme civilisé tend sans cesse des pièges à son voisin, est à l'affût toute la journée et une partie de la nuit, chasse sans repos la pièce de vingt francs ou le billet de mille; là les solitudes vastes où l'homme, comme aux premiers jours du monde, lutte pour la vie et conquiert sur les fauves le sol où il dormira le soir. » Le contraste entre le Boulevard et la Terre de Feu a frappé aussi le peloteur du *Gaulois*: «L'expédition de Pertuiset part du boulevard des Italiens, et c'est de ce lieu, qui est en quelque façon le centre de l'Univers, qu'elle devait logiquement partir. Les extrêmes se touchent. Lui souhaiter bon courage, conclut-il, serait souhaiter des millions à Rothschild. » «Pertuiset, écrit de son côté le journaliste de *Gil Blas*, fait appel aux Français de bonne volonté qui s'ennuieraient chez eux et qui seraient dévorés de l'amour des aventures. C'est toute une odyssée à entreprendre, tout le poème de la Toison d'or à faire revivre en plein dix-neuvième siècle. »

Le moderne Jason ouvre son bureau de recrutement tous les après-midi de cinq à huit dans un petit cabinet du Café Riche orné de faux Watteau aux reflets nacrés. Le lieu convient mieux à un adultère bourgeois qu'au prologue d'une épopée, c'est l'époque qui veut ça. Il permet au moins de se rafraîchir commodément le gosier tout en examinant les candidats (le bruit se répand vite qu'il vaut mieux passer en fin de séance qu'au début, l'humeur y est quelquefois franchement gaie et les questions approximatives). C'est un défilé d'illuminés, de fiers-à-bras, de mythomanes, de désespérés, d'escrocs, de repris de justice. L'un se propose de construire une ligne de chemin de fer à travers la Terre de Feu, l'autre de fonder là-bas une compagnie d'assurances couvrant les risques naturels et même celui d'être pris et mangé par les Feugiens, un troisième prétend créer un élevage de baleines dont il trairait le lait. Il doit mettre à la porte un type qui se présente comme le Premier ministre d'Orélie Ier, roi d'Araucanie et de Patagonie, lequel se réserve le droit souverain d'autoriser ou d'interdire l'expédition. Il y a naturellement d'anciens militaires, pas mal aussi d'ex-communards ayant échappé à la répression, ainsi il est probable que vont se retrouver ensemble, sous les ordres de Pertuiset et de son faux général, faux comte, faux fusillé, des hommes qui se seront tiré dessus de part et d'autre d'une même barricade. Il y a des maris trompés, des acteurs ratés, un aéronaute au chômage, un inventeur qui a conçu une machine à eau animée d'un mouvement perpétuel, un autre qui est amer parce que l'armée n'a pas retenu son système de propulsion des ballons. «Et c'est quoi, ce système?» l'interroge Pertuiset, plus qu'à demi ivre. C'est simple: deux couples d'aigles attachés à la nacelle par un harnais, et une perche mobile dans toutes les directions avec un bout de viande à son extrémité. «Ça marche», prétend-il. Il est retenu, avec deux cents autres. En fin de compte, au moment de signer un engagement, il n'en reste plus que dix-huit : cinq anciens militaires, quatre ex-communards (deux ouvriers doreurs, un menuisier, un typographe que son ivrognerie a fait chasser de l'imprimerie, où il mélangeait les plombs), un boulanger, un photographe (ils introduiront leurs arts respectifs à Punta Arenas), un prêtre défroqué, un montreur d'ours dont l'ours est mort, un Hercule de foire, l'inventeur du dirigeable, un orthodontiste bafoué qui hésite entre l'aventure et le suicide, un sergent de ville chassé de la police pour maquereautage (mais il prétend, lui, que c'est à cause de ses opinions politiques avancées), un garçon de café avec qui Pertuiset a sympathisé. Il leur fait forger une sorte de plastron en acier à l'épreuve des flèches, couper des uniformes en drap vert, il les coiffe d'un chapeau de feutre tyrolien et les chausse de bottes. On met en caisse les fusils Martini-Henry à baïonnette, les revolvers, une dizaine de « mitrailleuses de poche », les balles explosibles. On embarque, à Bordeaux, sur le *Valparaiso*, de la *Pacific Steam Navigation Company*.

11

L'Auberge du Joyeux Pingouin

Une vingtaine d'années avant que le *Valparaiso*, avec à bord Pertuiset et sa troupe d'olibrius (oui, c'est un mot qui devait être plus familier à l'époque qu'aujourd'hui, mais il n'est pas mauvais, de temps en temps, de sortir un peu les vieux mots, de leur faire faire un tour dans la langue ; et puis, on le trouve dans la bouche du capitaine Haddock, alors il est de quelque façon éternel…), reprenons, une vingtaine d'années avant que le *Valparaiso* ne jette l'ancre devant Punta Arenas, la bourgade avait été dévastée par une sédition dont les Chiliens, qui en ont pourtant vu d'autres depuis, ne parlent encore qu'avec des tremblements dans la voix. Le chef de cette mutinerie, le lieutenant Miguel José Cambiazo, est dépeint comme le diable. Comme lui, il était fort beau, aux dires de ceux qui eurent le bonheur de le rencontrer et d'en réchapper : visage émacié, grand front, nez aquilin, ondoyante et sombre chevelure, moustaches et barbe semées d'éclairs fauves, des yeux jaunes de loup.

Son nom est toujours accompagné d'adjectifs comme « sinistre », « sadique », « effroyable », « sanguinaire ». Après avoir tenté d'assassiner sa femme, sans que cela lui vaille d'être chassé de l'armée, cet épisode étant tenu, apparemment, pour faute vénielle, il avait été affecté à Punta Arenas, dans l'extrême Sud, au bout du bout de la Patagonie. Ce bled, auquel on ne peut accéder qu'au terme d'un long voyage maritime, est alors peuplé essentiellement de bagnards, civils et militaires. C'est Cayenne et Biribi à la fois. Là, pour avoir levé son épée sur son capitaine, il est emprisonné. Il soulève les détenus et les soldats de garde, les mutins se répandent dans la bourgade, brûlent église et bâtiments officiels (tout est construit en bois), tuent ce qui leur résiste. Le gouverneur, sa femme, le chapelain et quelques autres parviennent à sauter dans une barque et à s'enfuir. Ils abordent de l'autre côté du détroit, en Terre de Feu. Là, ils doivent se nourrir de coquillages et de racines, et les Indiens Onas ou Selknam leur mènent la vie dure. Dégoûtés de ce régime, ils repassent le détroit. Erreur fatale. Ils sont pris et fusillés tous, femme et curé compris, puis on brûle leurs cadavres en place publique, les mutins chantant et dansant autour.

La Terreur s'installe sur ce bout du monde peuplé de moins de cinq cents personnes, Cambiazo édicte un code dispensant généreusement bûchers, écartèlements, fusillades et pendaisons, son drapeau est rouge frappé d'une tête de mort blanche surmontant la devise

Conmigo no hai cuartel, «Avec moi pas de quartier»
(là, il commence à devenir intéressant). Deux goélettes,
ignorantes des événements, font relâche dans la baie,
l'une anglaise et l'autre américaine, il les capture et
fusille leurs commandants. Elles pourraient être chargées
de guano, mais non, pas du tout, l'une d'elles transporte
des barres d'or et d'argent. Il n'est pas idiot, il sait qu'il
est maintenant, à Santiago, l'ennemi public numéro
un, et il n'est pas homme à attendre passivement qu'on
vienne le cueillir, ce n'est pas Bazaine, il mène la guerre
de mouvement. Il embarque ses forbans sur les deux
bateaux, avec l'or et l'argent et le pavillon rouge à tête
de mort, ils mettent à la voile vers l'Atlantique. Une
mutinerie éclate contre lui, il est pris, livré, fusillé sur le
cerro Panteón à Valparaíso, devant le grand rideau bleu
du Pacifique, sous les yeux d'une foule immense, puis
son corps est mis en pièces à la hache (le prisonnier
qui a accepté, contre sa grâce, de faire le boulot, ne sait
pas s'y prendre ; au bout de deux heures, on arrête la
boucherie, on fourre les restes sanglants dans un sac, et
à la fosse commune). La Révolution est toujours assassinée. À Punta Arenas, quelques survivants errent parmi
les baraques incendiées. Les Indiens Tehuelche ne les
laissent pas errer longtemps. Bientôt il n'y a plus rien
que des ruines, et le vent.

    Du temps passe, on reconstruit une église, une prison,
la maison du gouverneur, des baraquements pour l'artillerie de marine, les piliers de la civilisation. Dispersées

le long de rues de terre se croisant à angle droit, on compte bientôt une centaine de maisons, des tripots, des commerces où l'on vend de tout, des harpons pour chasser le phoque, des lignes de pêche, de la poudre et des balles, du pétrole pour les lampes, du tafia pour les gosiers, des haches et des scies pour couper le bois, du goudron pour calfater, des bougies, des œufs et des plumes de nandou, des peaux de guanaco. Autour de tout ça, une enceinte de solides pieux pour se protéger des Indiens. Sur la plage, les hangars de la Société du charbon. Derrière la bourgade, des collines pelées. Tel est le spectacle que Pertuiset et ses sbires découvrent depuis le pont du vapeur *Valparaiso* lorsqu'il mouille dans la baie, dans les derniers jours de 1873. Quelques grands voiliers sont à l'ancre. Vers l'est, de l'autre côté du détroit, une mince bande violette : la Terre de Feu. Pertuiset se croit tenu à quelque bonapartienne déclaration, il y a réfléchi pendant le mois qu'a duré le voyage. Toute sa bande de pendards, en uniforme vert épinard et chapeau tyrolien, est rangée à la lisse. « Messieurs », commence-t-il, noble ; mais l'émotion est trop forte, il a un trou, il ne retrouve plus les formules bien senties qu'il a fignolées. La seule qui lui revient, c'est « du haut de ces pyramides… » mais bon Dieu, non ! ce n'est évidemment pas ça qu'il doit… Mais quoi, alors ? « Messieurs… » : décidément, rien ne vient. Il a trop préparé. Il tousse pour se donner une contenance, il fouille désespérément dans sa grosse caboche, mais non, rien, le vide. Sec. Alors, sobre pour une fois, par nécessité : « Messieurs, je compte sur vous. » Le capitaine anglais n'est pas mécontent de les voir partir. Les mâts de charge descendent les caisses contenant leur arsenal, et on embarque dans des chaloupes. À quelque distance de la plage, il n'y a pas assez d'eau, et les passagers sont portés jusqu'au rivage sur les épaules de solides débardeurs chilotes. Pertuiset trouve que cela ne convient pas à sa dignité de chef d'expédition, d'ailleurs, il est trop lourd. Il saute donc, estime mal la profondeur, et le voilà avec les bottes pleines d'eau. Le gouverneur, Oscar Viel, l'attend sous un drapeau chilien. On charge le barda sur des charrettes, on remonte la rue Magellan, la seule qui soit empierrée. Ses bottes font un bruit de ventouse. Derrière, en rangs approximatifs, marchent les hommes verts. Poursuivies par des chiens galeux, des poules se jettent en gloussant dans leurs pieds, des cochons se vautrent en crouignant sur leur passage. Les chevaux attachés aux barrières tournent la tête vers leur cortège, et on ne jurerait pas qu'il n'y a pas de l'étonnement dans leurs grands yeux sombres.

(Il y a un an, tu marches sur le rivage, à Punta Arenas. Des grains tirent des traînes bleu et rose sur le détroit. D'énormes méduses violettes ondulent dans l'eau peu profonde, s'échouent, semblables à de géantes anémones. Hangars rouillés, conteneurs épars. Chiens errants, mufle au sol. Dans le port, un brise-glace rouge, des chalutiers océaniques, de petits bateaux de guerre gris sombre, amarrés à l'épave d'un grand voilier du début de l'autre siècle. La première neige est tombée sur les collines pendant la nuit. Tu remontes l'*avenida* Menéndez, à la recherche d'un bar où tu es venu il y a vingt-cinq ans, le bar-bowling Ipanema. Assise à une table avec d'autres, une jeune fille t'avait ému. Tu as relu des notes prises à l'époque : elle portait des souliers dorés à hauts talons, des jeans et un blouson blancs, elle était très blonde, avec des yeux vert-de-gris, des poignets, des mains, des chevilles d'une finesse stupéfiante. Elle fumait clope sur clope, de cette façon qu'ont les adolescentes, aspirant la fumée en tendant les lèvres, la rejetant aussitôt en long jet, elle secouait sa chevelure, faisant voler des pendentifs à quatre sous, riait puis bâillait. Tu n'avais pas osé l'aborder, à cause de ses amies, c'est du moins l'excuse que tu t'étais donnée. Elles buvaient du Seven Up, toi, seul à ta table, du « cognac *nacional* ». Tu avais imaginé qu'elle était d'origine yougoslave, la moitié de la population de la région était d'ailleurs composée de descendants d'immigrés croates, mais à l'époque on ne disait pas « croate », on disait « yougoslave ». Tu t'étais dit que son destin était sans doute – puisque tu n'étais pas foutu de la ramener à Paris – d'épouser un sous-officier de la Marine, un moustachu qui la battrait et lui ferait quatre ou cinq enfants. Et maintenant, un quart de siècle plus tard, tu remontes l'*avenida* Menéndez, pensant à cette fille qui ne sait pas, n'a jamais su qu'un type venu de Paris l'avait trouvée jolie, que vingt-cinq ans plus tard il pense de nouveau à elle. Il n'y a plus aucun établissement qui s'appelle Ipanema, alors est-ce qu'il aurait été remplacé par le «Morena Dance Bar», à l'angle de Capitán Jurgensen ? Des lèvres rouges dessinent le O de «Morena» sur un fond vert émeraude. Ou bien par le «Café Irlandés, karaoké»? Ça ne te dit rien. Tu entres demander, les tauliers ne voient pas de quoi tu parles. Le sinistre restau qui s'appelle «Carioca», à l'angle de Chiloé, c'est évidemment tentant, mais dans ton souvenir l'Ipanema était beaucoup plus grand. Alors, «Askari, *entreteni- mientos electrónicos*», une salle de jeux électroniques? Oui, ça pourrait bien être ça (quelqu'un te le confirmera – un «Croate», d'ailleurs). Dehors, il fait frisquet, la nuit est tombée, le vent fait voler des vieux papiers et rouler les canettes de bière sur José Menéndez. Il est fascinant de se dire que cette fille a toutes les raisons de vivre encore – elle doit avoir entre quarante et quarante-cinq ans –, et sans doute ici, à Punta Arenas, et peut-être tout près, derrière une de ces fenêtres qu'éclaire une pauvre lumière. A-t-elle épousé un sous-officier de la Marine? A-t-elle quatre enfants? Est-elle encore jolie? (Et toi, tu as vu ta tête?))

Pendant que Pertuiset, suivi par sa troupe bouffonne, remonte l'*avenida* Magallanes, une autre chaloupe se détache du flanc du vapeur, où s'entassent les passagers de seconde classe. Parmi eux, il y a un petit Asturien de vingt-sept ans, que son patron a envoyé là pour récupérer une créance sur un aventurier argentin, chasseur de phoques, trafiquant, contrebandier, écumeur des mers australes, un type pas commode : c'est une mission de confiance. Pourtant, le jeune José Menéndez fixe sans peur le morne rivage, plat sous les nuages bas, les hangars et les tas de charbon, le rempart de pieux que surmontent le clocher de bois et le mirador, peint en blanc et rouge, du fortin de l'artillerie de marine. Sa vie jusqu'alors a été si dure, si hasardeuse, qu'entreprendre de faire payer ses dettes à une espèce de pirate ne lui semble pas un boulot plus compliqué qu'un autre. La misère l'a obligé à quitter son village natal treize ans auparavant, il n'était qu'un gamin. Il s'est embarqué dans le premier bateau venu, qui l'a mené à La Havane, muni en tout et pour tout d'un costume, de quatre chemises, deux pantalons et une paire de chaussures, et d'une lettre de sa mère lui recommandant de rester toujours honnête et craignant Dieu. De Cuba, il est passé à Buenos Aires où, comme il sait lire, écrire et compter, et qu'il n'est pas bête (il a cette intelligence obstinée et féroce des fondateurs du capitalisme), il est devenu commis aux écritures chez un important shipchandler. Il y a aussi, dans la chaloupe qui s'approche du rivage, un ferblantier juif de Courlande, l'actuelle Lettonie, avec toute sa famille – sa femme et ses quatre enfants, deux filles et deux garçons. Elias Braun a émigré pour fuir les persécutions antisémites dont l'empire russe est prodigue. Il est venu ici attiré par l'octroi de terres et par

l'idée que, peut-être, dans un lieu si reculé, on ne se sou-
cierait pas de rendre aux Juifs la vie impossible. Le petit
commis asturien va s'installer à Punta Arenas et devenir
celui qu'on appellera avec déférence le «roi de Patagonie», l'un des fils du ferblantier, pour lors un petit
garçon aux cheveux ras, qui a le mal de mer et hoquette
par-dessus bord, épousera sa fille Josefina. Le beau-père
et le gendre créeront une dynastie, seront propriétaires
de dizaines d'haciendas, de centaines de milliers de
moutons, de compagnies de navigation, d'assurances,
de pêcheries, de mines, de banques… (Dans l'hôtel que
Mauricio Braun, le petit garçon aux cheveux ras, qui
ressemble un peu à Kafka, se fera construire près de
la *plaza* de Armas, et qui est maintenant le musée de
la ville, lustres, tentures de soie, planchers marquetés,
appliques et miroirs dorés, angelots de bronze portant
des candélabres, porcelaines, argenterie et cristaux,
meubles Louis XV, guéridons arabes incrustés de nacre,
toutes les délicatesses qu'on voit sont venues de Paris ou
de Londres, à des milliers de milles d'océan tempétueux.
Aux murs sont accrochés les portraits du maître des lieux
en habit, col cassé et nœud papillon, de son auguste
épouse en grande robe noire sur quoi luisent doucement
des perles, des photos de leurs enfants en costume marin,
parmi lesquels Armando, futur auteur de cette *Petite
Histoire australe* qui t'a appris, il y a vingt-cinq ans,
l'existence d'un «funambulesque» voyageur français en
Terre de Feu. Il y a aussi, dans la salle à manger capi-

tonnée de cuir de Cordoue, un tableau représentant une parade nuptiale d'un couple d'oies, dû paraît-il à José Ruiz Blasco, le père de Picasso…)

On n'en est pas là, Punta Arenas est encore une bourgade de planches goudronnées, habitée par des bagnards, des soldats, des chasseurs, des mineurs, des chercheurs d'or. Le petit commis asturien s'installe dans une soupente à l'étage du *Pinguino Alegre*, un bouge qui doit ressembler à l'Auberge du Souffleur où Ishmael descend lorsqu'il arrive à Nantucket, la famille du fer-blantier juif s'entasse dans une chambre que lui loue à prix d'or le tenancier d'un commerce d'huile et peaux de phoques, pétrole et toiles goudronnées, les olibrius posent leur sac dans un baraquement de la caserne, Per-tuiset prend ses aises dans la maison du gouverneur. Le général-comte du Bisson, qui a débarqué une dizaine de jours plus tôt du courrier de Valparaíso, est descendu lui aussi au *Pinguino Alegre* (l'offre hôtelière de la ville n'est pas si fournie), et n'a guère dessoûlé depuis. Pertuiset, parti en reconnaissance en ville, le trouve affalé dans le fond d'un tripot de la *calle* Concepción : hirsute, les yeux injectés de sang, boutonné de travers, il grommelle de vagues menaces et imprécations dans un français pâteux qui fait rire l'assistance. Dans cette circonstance, il fait preuve d'autorité, le traîne par le colback jusqu'à la grève et le jette à coups de pied au cul dans l'eau glacée du détroit. Puis ce sont les olibrius qui créent des troubles. Il y a évidemment, sous les remparts de bois, un bordel où officient de lamentables créatures, Indiennes au large visage comme ciré, compagnes de bagnards tuberculeuses, toutes blindées d'alcool. L'ex-typographe prétend s'y livrer à la sodomie, qui ne fait pas partie des prestations monnayées par la pute. Il s'obstine, tempête, commence à la frapper, mais l'énorme hétaïre est plus forte que lui, et, bientôt aidée par ses consœurs, elle le traîne à moitié nu jusque dans la rue. Il court au baraquement, en appelle à la solidarité des camarades, revient accompagné de l'ouvrier doreur, de l'Hercule de foire, du garçon de café et du montreur d'ours. À eux cinq, ils commencent à démolir le boxon, du classique, jusqu'à ce qu'une section de la garnison, alertée, se fasse un plaisir de leur casser sévèrement la gueule. «Vos hommes n'ont pas bonne réputation», laisse tomber, au dîner, le gouverneur. Il est temps de lever l'ancre.

12

Des milliers de ragondins

La corvette *Abtao*, de la Marine chilienne, lève l'ancre à l'aube. Il n'est que trois heures du matin, les nuits sont courtes à cette saison et cette latitude. Les aboiements d'une bande de chiens errants et les vociférations d'ivrognes attardés ont accompagné la marche de l'expédition vers la grève, sous le ciel pâlissant, tout le long de la *calle* Magallanes. À bord, outre les vingt troupiers, Pertuiset et du Bisson, montent une dizaine de bagnards pour le portage et les gros travaux, et six chasseurs Tehuelche qui assureront le ravitaillement et, espère-t-on, faciliteront les contacts avec les « Feugiens ». Une quarantaine de chevaux ont été embarqués la veille. Le commandant, le lieutenant de vaisseau Jorge Montt Alvarez, regarde tout ce cirque avec peu de sympathie, il trouve que cela salit son bateau, mais enfin les ordres sont les ordres. Il a une apparence de dandy militaire et finira président de la République. Le soleil paraît, carmin, au-dessus de la *Segunda angostura*, la vapeur fuse, le guindeau remonte la chaîne d'ancre en cliquetant. Pertuiset ne peut s'empêcher de faire un carton sur un albatros qui plane dans le sillage. «Vous n'avez pas lu Coleridge?» lui demande, sarcastique, Montt, qui est lettré et angliciste. Après quelques heures de navigation, la corvette mouille devant une côte basse et grise. Débarquer tout le barda va prendre deux jours, les chevaux n'aiment pas nager et plusieurs se noient. On convient d'un rendez-vous, un mois plus tard, en un point au sud de la *bahía* Inútil, là où la *señorita* Géraldine, qui n'était pas encore Clochette de Miraflores, a prétendu qu'était enfoui le trésor. Puis, on passe les cottes de mailles par-dessus l'uniforme vert épinard – ce tricot de ferraille pèse une vingtaine de kilos – et en avant! On se met en route vers l'intérieur de la grande île, cap au nord-nord-est.

Des milliers de ragondins ont miné le terrain, qui ne cesse de s'effondrer sous les pas des «soldats de la Civilisation» (Pertuiset leur a servi un petit discours sur ce thème, parfaitement mémorisé cette fois). Alourdis par leur ridicule équipement, ils trébuchent, tombent, à la fin de la première journée le curé défroqué et le garçon de café se sont foulé une cheville, il faudrait leur confectionner des béquilles, seulement il n'y a pas d'arbres en vue, rien qu'une espèce de mousse géante, ce qui pose des problèmes aussi pour faire du feu. Les jours suivants, les choses s'arrangent. On longe des lacs immenses, où les chevaux peuvent s'abreuver. Oies, canards, flamants roses, des nuées d'oiseaux s'élèvent à leur approche, froissant furieusement l'air, lâchant des tourbillons de plumes. Il suffit de tirer au jugé pour nourrir toute la troupe. Des étendues blanches étonnent, dans des lointains vers quoi on marche, ce ne peut être de la neige puisqu'on est en plein été austral : des dizaines de milliers de cygnes s'envolent soudain dans un bruit de tempête. On atteint des savanes de hautes herbes bleues où on enfonce jusqu'à la poitrine. Les chevaux sont à la noce, ils broutent à droite à gauche, renâclent à avancer. On traverse des rivières peu profondes, bordées de bosquets de fuchsias, de canneliers et de camélias nains. On y ramasse et grattouille quelques cailloux pour se donner l'air d'une expédition scientifique. Un jour un de ces cailloux, écorché par un couteau, lâche un scintillement jaune. De l'or ? Oui, de l'or, c'est sûr ! Aussitôt, la troupe se débande, lâche les fusils, se jette à quatre pattes dans le lit de la rivière, farfouillant à la recherche de la grosse pépite. Pertuiset s'époumone, botte des culs, dont celui, une fois encore, de Du Bisson. Il ne va pas se tuer à casser des cailloux pour en extraire quelques grammes d'or, c'est tout l'or des Incas qu'il veut trouver, lui. Qu'il va trouver. Un ancien lieutenant de la Légion étrangère roule dans l'eau en hurlant avec le typographe qu'il essaie de noyer, il faut les mettre en joue pour les séparer. Les chasseurs Tehuelche regardent cette agitation d'un air méprisant. On repart. On repart, mais désormais chacun s'observe avec défiance, parfois avec haine.

De temps en temps, très loin sur des hauteurs, on aperçoit des silhouettes humaines qui prennent la fuite : les « anthropophages » n'ont pas l'air bien dangereux. Les coups de fusil, les chevaux les effraient. Comme les Incas, pense Pertuiset. Avec toute sa connerie, il n'est pas féroce. Il a donné des ordres très stricts pour ne pas brutaliser les Indiens. Un jour, un petit groupe décampe trop tard, les hommes parviennent à s'enfuir, mais une femme, moins rapide, encombrée d'un enfant, n'a d'autre ressource que de se jeter dans les jonchaies qui entourent un lac. On fouille, on ne tarde pas à la dénicher, terrifiée. Casque de cheveux noirs, elle est grande et « bien faite », remarquent plusieurs, avec de gros seins. La vision de la *señorita* Géraldine traverse, fugitive, l'esprit de Pertuiset. Les bacchanales qu'ils avaient dans leur chambre de la Maison Dorée, à Lima… quand il la prenait par-derrière, rugissant, les pognes refermées sur ses nichons rebondis… Ah… il… mais non, voyons, du calme, il est un chef ! La femme Selknam est presque nue, à l'exception d'une couverture de guanaco jetée sur ses épaules et d'un cache-sexe en peau de ragondin. Elle porte un très jeune enfant. Il lui fait offrir un biscuit, du tabac en plaque. « Qu'est-ce que c'est que ces manières ? maugrée Le Scouézic, l'ex-lieutenant de la Légion étrangère. Au Mexique, on ne prenait pas tant de gants avec les moukères. Ni en Algérie. » Les anciens militaires approuvent. Pertuiset leur ordonne de s'éloigner, et charge du Bisson de les avoir à l'œil : ça sent la mutinerie. Il flatte l'encolure de son cheval, lui tapote les naseaux, pour montrer à la femme Selknam qu'il n'y a rien à en craindre. Rassurée peu à peu, elle lui manifeste sa gratitude en lui offrant le sein. Le gros bébé ne dirait pas non, mais il est un chef... Comme il refuse poliment, elle lui offre un couvercle de boîte de sardines que les courants, sans doute, ont porté sur les rivages de la Terre de Feu et qu'elle garde avec elle, dans une petite poche d'écorce, comme une chose très précieuse. (Abîmes humains rayonnant autour d'une simple chose ! Merveilleux romanesque endormi dans les modestes objets du monde, attendant d'en être éveillé par le pouvoir magique des mots ! Cette boîte, fabriquée dans une conserverie de Douarnenez, passée de là en Angleterre puis en Inde, embarquée à Calcutta sur un clipper, lichée en douce par un matelot écossais au passage du cap Froward, a été jetée par lui à la mer, vifs éclats dorés que noie le sillage tandis qu'il essuie ses doigts huileux à la toile de son pantalon. Elle lui vaut vingt coups de garcette, car il l'a volée à la cambuse. Le ressentiment qu'il éprouve de cette punition le jette dans une carrière de petit voyou puis, de fil en aiguille, d'assassin. Il monte les marches du gibet à Glasgow vers l'époque où la femme Selknam découvre, sur le rivage de la baie Inutile, une mince lame de fer étamé, courbée comme un copeau, où se devine encore, estompé par le sel, le visage d'une Bretonne en coiffe.) Nouvelle frayeur, le photographe monte sa chambre noire pour lui tirer le portrait. Finalement, on la laisse partir. Les anciens militaires crachent par terre pour marquer leur mépris, assez près des bottes de Du Bisson pour qu'un début de bagarre éclate. Le montreur d'ours les imite. Les intellectuels (l'aéronaute, le curé défroqué, l'inventeur, l'orthodontiste, le photographe) soutiennent la chevaleresque attitude de leur chef, le garçon de café aussi, par amitié plus que par conviction, du Bisson au fond de lui-même se dit qu'on vient de rater une belle occasion de prendre du bon temps, mais il sait qu'il a beaucoup à se faire pardonner, et d'ailleurs les rebelles lui ont manqué de respect, alors il se range parmi les loyalistes, de même que le typographe, par haine du légionnaire. Force reste à la Loi. On repart.

(Cette première rencontre entre Blancs et Indiens de la Terre de Feu est une scène de comédie, un presque marivaudage ethnographique. Mais c'est tout de même l'avant-garde du Malheur et de la Mort qui arrive aux Selknam sous les traits grotesques du chasseur de lions. Les explorateurs qui le suivront ne seront pas aussi débonnaires. Les colons qui ne vont pas tarder à s'installer, chercheurs d'or et éleveurs de moutons, seront sanguinaires. Écossais, Gallois, Allemands, Suisses, Croates, ils viennent d'Europe. Des photos anciennes montrent les protagonistes du drame. Moustachus, coiffés de casquettes, portant bourgerons ou vestes de chasse, pantalons serrés dans des bandes molletières ou des bottes crottées, appuyés sur leur fusil et la certitude de leur supériorité. Gueux du Vieux Monde, exterminateurs du bout du monde. Ils tiennent des chiens en laisse. Ce sont de pauvres immigrants, de pauvres tueurs, ils sont aux ordres des Messieurs de l'autre rive du détroit, ils sont fermiers ou bergers de ces gentlemen portant nœud papillon et col cassé, fils eux-mêmes de gueux, qui font venir jusqu'à Punta Arenas des professeurs de piano pour apprendre la musique à leurs filles, des précepteurs français pour que leurs fils puissent écrire des livres, plus tard. «Cette affaire des Indiens est bien désagréable, mais que faire?» écrit Mauricio Braun, le fils du ferblantier juif de Courlande. Une troupe de Selknam marche le long du rivage, silhouettes vêtues de peaux, les hommes portant l'arc, les femmes avec les enfants sanglés dans le dos, procession se reflétant, se redoublant sur le sable mouillé, comme s'ils étaient déjà des mirages, des chimères, et cette impression est renforcée par le fait qu'on ne distingue pas les traits de leur visage. Trois chasseurs, un genou en terre, épaulent leur fusil, un autre est debout, il porte une casquette qui ressemble à celle d'un officier nazi, il est chaussé de hautes bottes, il tient son fusil à la main et regarde dans la direction que les autres visent. À ses pieds, le gibier : un Selknam étendu sur le dos dans l'herbe courte, nu, les bras en croix. Il tient encore des flèches dans la main droite et l'arc de bois de fuchsia dans la gauche. Son ample cage thoracique est dilatée, son sexe très visible,

sa tête rejetée en arrière. Le tueur debout est un ingénieur roumain du nom de Julius Popper, un chercheur
d'or qui se taille un éphémère empire en Terre de Feu,
battant monnaie et imprimant des timbres à son chiffre,
entretenant une petite armée privée à la tête de laquelle
il mène des raids sanglants contre ses concurrents. Les
tueurs genou en terre ont presque la pose du chasseur
de lions sur le tableau de Manet, le lion c'est cet homme
nu foudroyé derrière eux. Ce grand corps qui paraît
très blanc, crucifié sur l'herbe rase, les armes à la main,
le sexe étalé entre les cuisses dans l'indécence de la mort.
Ceux qui ne sont pas tués, on les capture et on les expédie
à la mission salésienne de l'île Dawson, où les curés,
sous couvert de les protéger, se chargent de les loboto-
miser. Dans le musée salésien, à Punta Arenas, des photos
révoltantes montrent les résidus d'un peuple libre pra-
tiquant des activités d'esclaves sous la garde d'hommes
en noir, barrette en tête, de femmes en noir égrenant des
chapelets. Ceux qui furent des nomades, des chasseurs
demi-nus, courant les steppes derrière les guanacos,
sillonnant les chenaux sur des canots d'écorce, jouent du
cornet à piston, tournent le rouet, prient, vêtus comme
des ploucs européens. Dans une vitrine, une espèce de
très longue pince à bec plat: *herramienta para hacer
hostias*, est-il expliqué, un outil pour faire des hosties,
utilisé dans cette mission de l'île Dawson... Pourquoi
faut-il d'aussi longs manches (près d'un mètre)? Mystère.
Il ne s'agit pas de manger avec le diable, pourtant, plutôt

de manger Dieu, ou du moins son Fils. Quelqu'un qui ne serait pas particulièrement anticlérical le deviendrait volontiers en visitant le musée salésien de Punta Arenas.)

On est donc reparti, on marche plusieurs jours sous des collines, les Tehuelche chassent le guanaco avec des *bolas*, des boules de plomb au bout de lanières qui s'enroulent autour des pattes, on patauge dans des marais, on ne pense qu'à l'or, on se regarde de travers, on se soupçonne d'en avoir trouvé et de le cacher. Une nuit, au campement, le prêtre défroqué croit Mironton, un ex-caporal des zouaves, profondément endormi. Il se glisse jusqu'à son sac, qu'il commence à fouiller. L'autre se réveille, pousse un hurlement qui fait jaillir une dizaine d'oiseaux de nuit des arbres rabougris et barbus de lichen, et se jette sur l'indélicat qu'il agrippe à la gorge. Chacun selon son inclination se précipite à la rescousse d'un des lutteurs (à vrai dire l'apostat, suffoquant, cramoisi, ne participe guère au pugilat dont il est cause). Les affinités, les inimitiés personnelles se renforçant des haines politiques, tous les ex-communards se retrouvent opposés aux anciens militaires. Pertuiset fait donner les Tehuelche et leurs *bolas* pour immobiliser quelques furieux, aidé de l'Hercule de foire il en assomme quelques autres. Lorsque enfin les derniers combattants sont séparés, les dégâts sont considérables. Mironton a une oreille à moitié déboîtée, un des ouvriers doreurs une main cassée, le typographe c'est son nez, le prêtre défroqué déglutit difficilement, il ne pourra pratiquement plus rien avaler avant la fin de l'expédition. On ne parle pas des dents cassées, des moustaches arrachées ou des yeux pochés. Du Bisson, le prétendu héros du fort d'Issy, s'est fait étendre au premier coup de poing, et il a trouvé expédient de feindre le *knock-out* pour éviter d'avoir à se mêler plus avant de cette affaire. Le plus grave est que les bagnards ont profité de la circonstance pour s'enfuir à cheval, emportant avec eux autant d'armes, de munitions et de vivres qu'il leur en est tombé sous la main. Lorsqu'on s'aperçoit de leur défection, au matin, il est trop tard pour leur donner la chasse, et d'ailleurs la zizanie est trop grande pour imaginer une poursuite. On repart donc. La haine est générale. Cela fait douze jours qu'on a quitté la côte, qui doit se trouver à environ cent cinquante kilomètres. On oblique vers le sud-est, puis le sud-ouest, on cherche la baie immense qui porte ce nom étrange d'«inutile», à la pointe sud de laquelle on a rendez-vous, et où doit se trouver le trésor, on se perd un peu, et c'est l'occasion de nouvelles et acrimonieuses controverses entre le parti militaire et Pertuiset. «Je sais quand même encore lire une carte», siffle Le Scouézic, qui se targue d'être un stratège. Il prétend, contre l'évidence de la boussole et du soleil, qu'on marche vers la côte atlantique. Ce type est une vraie tête de nœud. Pertuiset se demande ce qui lui a pris le jour où il l'a engagé, au Café Riche. Comme cela paraît loin, le Café Riche, le boulevard des Italiens! Il devait avoir trop bu, encore. En fait, le légionnaire a conquis sa sympathie en lui parlant de l'Algérie. Il connaissait Jemmapes, il était en garnison non loin, à Soukaras. Il avait entendu parler, prétendument, de l'affaire du lion noir et du grand chasseur blanc. M'aurait-il eu à la flatterie, ce fils de pute? se demande amèrement Pertuiset.

On aperçoit des groupes d'Indiens, toujours loin, fuyant à leur approche, mais on sait qu'ils sont tout autour, qu'ils les voient et les suivent. Un matin, du haut d'une colline, on découvre à l'horizon une immense étendue azurée. *Thalassa, thalassa!* pense le prêtre défroqué, qui a des lettres, c'est même peut-être une des choses qui l'a incité à quitter le service de Dieu, il pense ça mais ne le profère pas, tant sa gorge aux tendons brisés est douloureuse, d'ailleurs qui le comprendrait? Pertuiset triomphe, mais Le Scouézic prétend qu'il s'agit d'un lac. Le lendemain on arrive sur le rivage. Sur le sable noir, croûtés de sel, scintillent de grands ossuaires: la baie Inutile est un cimetière de baleines. «Est-ce que vous croyez que ces cétacés vivent dans les lacs? Ou bien prétendrez-vous qu'il s'agit d'arêtes de carpes?» demande le chasseur de lions au légionnaire, qui cette fois ne trouve que répondre. Ce jour-là, ils dînent assis sur des vertèbres, ils dressent leurs tentes parmi des côtes, des fanons de baleines. La lune qui éclaire la scène, scintillant sur l'eau noire, met Pertuiset dans des dispositions lyriques. «Trouvez-vous pas que c'est un spectacle féerique?» demande-t-il à ses compagnons, qui hochent vaguement du chef, mangeant leurs dernières sardines à l'huile : car, avec la défection des bagnards, les vivres viennent à manquer, et aussi, plus grave, les munitions pour la chasse. Il y a bien les *bolas* des Tehuelche, mais les guanacos se font rares. Depuis la bagarre de la nuit, ils ne dînent plus ensemble, mais en trois groupes : les ex-militaires d'un côté, les anciens communards d'un autre, les loyalistes autour de Pertuiset. Chaque parti suspecte que ce sont les autres qui sont responsables de l'épuisement des vivres, qui se sont empiffrés et peut-être le font encore, en douce, sur des réserves secrètes. S'en foutent plein la lampe. «Y a qu'à voir leur embon-point, glisse Le Scouëzic, qui est du genre petit maigre teigneux, en désignant le massif et rubicond Pertuiset. Regardez-moi ce gros lard.» Le gros lard sort un carnet à dessins d'une poche de sa veste, esquisse un «cimetière de baleines sous la lune». Saura-t-il peindre la pâle lumière lunaire comme Manet l'a fait dans son *Port de Boulogne*? L'argent de la mer, le couteau noir des ombres? Il pense au cher Maître. Il aurait aimé être un artiste. («J'aurais voulu être un artiste/Pour pouvoir faire mon numéro», «Je m'voyais déjà en photographie… J'ai tout essayé pourtant pour sortir de l'ombre/Mais un jour viendra je leur montrerai que j'ai du talent.» À la Biblio-thèque nationale de Santiago, la pimpante Ximena, la directrice, t'a fait installer dans une salle du sous-sol où travaillent quelques employés assez décontractés du département des périodiques. Tu épluches les feuilles arachnéennes de quotidiens d'il y a presque un siècle et demi, pleines de pittoresques publicités. *¡A las señoritas! ¿Quereis poseer un cútis fresco, suave y hermoso?* « Mesdemoiselles! Vous voulez posséder une peau fraîche, douce et belle? Utilisez la lotion d'Amandine-Rose!» Certaines ont un air de «je me souviens»: *¡Papel Rigollot o mostaza en hojas para sinapismos!* «Papier Rigollot ou moutarde en feuilles pour sinapismes! Adopté par les hôpitaux de Paris, les ambulances et hôpitaux militaires et par la Marine impériale.» Dans ton enfance, tu as connu ça, les sinapismes Rigollot… On te collait ces feuilles moutardées sur la poitrine quand tu avais une bronchite, ça brûlait, ça laissait une empreinte rouge, tu n'aimais pas. Même le mot «sinapisme» doit avoir à peu près disparu, à présent… Tu viens du temps des vocables disparus. Souvent, les nonchalants employés sont absents et te laissent dans la seule compagnie d'un ordinateur qui débite en boucle des chansons françaises, spécialement d'Aznavour. «La Bohême, la Bohême, ça voulait dire on a vingt ans…» Lorsque tu sors, le soir, un peu hébété, de ton sous-sol et du dix-neuvième siècle, c'est en général l'heure où des centaines de collégiennes en jupe et chaussettes bleu marine, corsage blanc et cravate, envahissent l'Alameda à la sortie des cours. *¡Señoritas! ¿Quereis poseer un cútis fresco, suave y hermoso?*)

Loin, de l'autre côté de la baie, on voit briller les feux de campements Selknam. Au jour on repart. On suit le rivage. La *bahía* Inútil est très longue, elle s'enfonce d'est en ouest d'une cinquantaine de kilomètres à l'intérieur de la grande île. On marche avec la mer à main droite, certains jours elle est violette tigrée de blanc, d'autres fois verte où le vent furieux tresse des traînées d'écume, et alors on a beaucoup de mal à avancer. On commence à avoir faim, des vols d'oies sauvages se lèvent dans des grands tumultes d'air et de plumes et on n'a même plus de quoi les tirer. Alors on mange des coquillages qui pullulent sur les rochers. Au bout d'une seule journée de ce régime, Le Scouézic, Mironton et l'inventeur du dirigeable commencent à être dévastés par la chiasse. Le lendemain, ce sont tous les militaires, livides, suants, gémissants, qui sont constamment obligés de s'arrêter pour baisser pantalon. Le montreur d'ours, l'orthodontiste, le garçon de café, le photographe, le boulanger, le sergent de ville, enfin la moitié de la troupe est atteinte. Ce ne sont que pets foireux, courantes à répétition, tonitruants vidages de boyaux. Les misérables, dans leur hâte, se chient dessus, ils sont tout embrenés, leur odeur incommode les autres. Les autres, justement… Comment se fait-il qu'aucun des anciens communards ne soit atteint ? Ces gibiers de potence ? Ni Pertuiset ? Dans un des rares moments de lucidité que lui laisse la diarrhée, Le Scouézic formule nettement la question, et c'est le genre de question qui implique sa réponse : s'ils n'ont pas la drisse, tiens, c'est parce qu'ils se sont gardé toutes les sardines à l'huile ! Ils ne sont pas malades parce qu'ils se sont mis à gauche toutes les bonnes choses! Évidemment! C'est ça le communisme! Mais on ne se moque pas de la Légion comme ça! Qu'il reprenne un peu des forces, et ils vont voir! Mironton, qui n'a même plus le temps de reboucler la ceinture de son uniforme vert épinard que déjà il faut la desserrer pour émettre de puantes et tonitruantes flatulences, Mironton, l'oreille en berne, partage sinistrement cette façon de voir les choses.

(L'employé de la *transbordadora* Broom, que tu interroges sur l'opportunité de réserver une chambre d'hôtel à Porvenir, «Avenir», la capitale de la Terre de Feu chilienne, te répond que ce n'est pas la peine, que c'est *una gran ciudad*, «une grande ville», puis il se ravise: «Grande, non, mais... *con toda comodidad.*» Des panneaux sur sa baraque annoncent: *¡Se prohibe a todos los conductores orinar en el terminal de Tres Puentes!* «Il est interdit à tous les conducteurs d'uriner sur le terminal de Tres Puentes.» Sur la cale d'embarquement, sur la grève où pourrissent diverses épaves, les plumes des oiseaux de mer sont rebroussées par le vent. La *barcaza Melinka*, un vieux chaland de débarquement, assure la traversée jusqu'à Porvenir, une Sainte Vierge dans une grotte bleue où vacillent des bougies la protège des fortunes de mer. Les habitants de ce pays sont déjà naturellement assez olivâtres, le mal de mer n'arrange pas ça, beaucoup ne tardent pas à ressembler à des personnages du Greco. On distribue les sacs en papier aux candidats au dégueulis, qui sont nombreux. Le ciel est pavé de longs nuages de différentes nuances de gris, on a l'impression de naviguer sous le ventre de grands poissons. Après quelques heures, les maisons de tôle multicolores de Porvenir paraissent au fond d'une baie bordée de flamants roses. Dans la salle à manger de la pension Rosas, où tu descends, les seuls clients sont deux curés dont l'un est le portrait craché d'Aznavour. Ils se gobergent avec des *caracoles*, des escargots, des rognons de mouton et de grandes rincées de vin rouge, sans doute pour fêter la Résurrection de Notre Seigneur – c'est le jour de Pâques. Ils portent des soutanes et de gros godillots noirs, ils doivent être croates.

Porvenir compte cinq mille habitants, de très nombreux chiens errants qui donnent de la voix à la tombée du jour, un monument quelque peu cynique «au chasseur Selknam», un autre à la mémoire des colons venus du monde entier féconder cette terre lointaine, et plus spécialement de ceux qu'on appelait encore, au moment où la chose commémorative a été édifiée, «yougoslaves», un petit musée où il est signalé, au passage, que la première exploration du nord fuégien est due à *un aventurero francés*, une grosse église peinte de bleu piscine et un club croate où une serveuse qui ressemble à une grenouille va te servir, le soir, une pleine chope d'un sirop casse-tête qui prétend être du «cognac national», une espèce de décoction de Marie Brizard, le seul verre d'alcool de ta vie que tu vas laisser à moitié plein. Le citoyen le plus célèbre de Porvenir fut certainement le colonel SS Walter Rauff, responsable de la mise en œuvre des camions-chambres à gaz par les *Einsatzgruppen* du front de l'Est. De 1965 à 1968, le vieil assassin, dont la Cour suprême chilienne avait refusé l'extradition, a dirigé ici l'entreprise de conditionnement de crabes «Pirata» (comme tu demandais à un universitaire dont tu es heureux d'avoir oublié le nom, à Punta Arenas, quelle compétence avait Rauff dans le domaine de la pêche au crabe, il te répondit exactement ceci: «Il avait été capable d'attraper des Juifs, il pouvait bien attraper des crabes.» Sa réponse le fit rire aux éclats, il était manifestement content de son *trait d'esprit*, étonné que tu ne le goûtes pas). La maison de Rauff existe toujours, à l'entrée du bled quand on arrive du débarcadère, une maison basse, sans étage. Il est question d'y apposer une plaque. Les gens qui l'ont connu, les ouvrières de sa conserverie, par exemple, se souviennent d'un type sympathique, *una buena persona* – le contraire aurait étonné. Il vivait seul, avec un berger allemand, avait de beaux yeux bleus, était toujours vêtu de vert (un loden?) et assez adonné au whisky. Ce salaud est mort à Santiago en 1984. De vieux nazis en manteau de cuir ont crié *Heil Hitler!* à son enterrement.

Tu es seul dans la salle à manger du club croate. Un poêle rayonne une chaleur terrible. Dans une vitrine, il y a un tas de coupes sportives gagnées à l'occasion de triomphes dans des matchs de foot, de volley, des compétitions de fléchettes… Au mur, des tableaux représentent des scènes folkloriques des campagnes dalmates. Des rideaux de dentelle blanche encadrent le noir de la baie. Le vent hulule dans les fils électriques. Devant toi, la chope emplie de sirop casse-tête. Tu te dis que Rauff est sûrement venu dîner ici, souvent, boire des whiskies, on lui gardait sa bouteille, qu'il a sûrement été assis à la place où tu te trouves ce soir, seul, comme toi. Son berger allemand couché sous le piano demi-queue. Le lendemain, tu pars faire le tour de la baie Inutile. Sur la piste caillouteuse qui file vers les vagues bleues de l'horizon, on voit venir de loin les très rares pick-up, annoncés par des nuages de poussière. Pas âme qui vive, pendant des heures, en dehors des visages entraperçus des chauffeurs croisés dans une brève mitraille de pierres. Des guanacos font les dédaigneux, narines pincées, puis à l'approche de la voiture ils sautent précipitamment les rangs de barbelés et s'enfuient, leur courte queue serrée entre les fesses d'assez peu noble façon. Des vols d'oies de Magellan font pleuvoir une neige de plumes tigrées. Des cygnes nagent sur des lagunes. Au fond de la baie, au lieu-dit Onaisin, le vent secoue les tôles des toits ruinés d'une grande *estancia*. Un peu plus loin, dans le désert d'herbe rase, fauve, sous le ciel bas et gris, un cimetière de pionniers aux tombes abandonnées, aux croix renversées. Sur une dalle, on déchiffre encore : *in memory of John Saldine, who was killed by Indians on 20th July 1898*, sur une autre, presque illisible : *This stone was erected by his fellow employees in memory of Edward Williamson and Emilio Traslaviña who were killed by Indians near San Sebastian in January 10th 1896.* Il est réconfortant de savoir que les Indiens, quand même, de temps en temps, réussissaient à se payer des Blancs.)

Lorsqu'il arrive au lieu fixé pour le rendez-vous, à l'entrée sud de la *bahía* Inútil, le lieutenant de vaisseau Jorge Montt Alvarez n'en croit pas ses yeux. Il n'a jamais accordé beaucoup de crédit à ces hurluberlus français (il admire l'efficacité, la discipline prussiennes, il méprise la faconde vantarde des Français, on a vu ce qu'elle valait lors de la récente guerre), mais ce qu'il aperçoit dans le champ de ses jumelles, de la passerelle de la corvette *Abtao*, dépasse ce que son dédain lui avait fait imaginer. Il est d'abord surpris, venant du large, de ne pas apercevoir les feux qui sont le signal convenu. Puis, à mesure que la corvette approche de la côte, à petite vitesse (les fonds sont mal connus, en dépit des relevés effectués, au prix de sa vie, par le *commander* Pringle Stokes), il distingue non pas un mais trois campements. Leurs occupants ont presque tous le pantalon aux chevilles, et leur position accroupie ne laisse aucun doute sur la nature de leur activité. «¡ *Que asco!* murmure-t-il, dégoûtant!» Et il passe les jumelles à son second, qui à son tour manifeste sa stupeur. Mais ils n'ont encore rien vu. Trois silhouettes venues d'un des camps se plantent en gesticulant devant les chieurs d'un autre camp, lesquels se reculottent sommairement et se précipitent sur eux. Des renforts arrivent de part et d'autre et la mêlée est générale, à coups de pieds, de poings, de crosses. Deux des ouvriers doreurs et le typographe, voyant les ex-militaires en pleine débâcle intestinale, sont allés les narguer. «Tiens, l'armée française qui baisse culotte, c'est une habitude! On n'est pourtant pas à Metz, ici», sont quelques-uns des sarcasmes qu'ils leur adressent. C'est plus, beaucoup plus que n'en peuvent supporter Mironton, Le Scouézic et les autres. Cette fois, la coupe est pleine! Ils ne prennent même pas le temps de se torcher, de toute façon cela fait longtemps qu'ils sont complètement embrenés, ils se reculottent fébrilement et se ruent sur les subversifs. Les collègues viennent prêter main-forte, le montreur d'ours prend le garçon de café à la gorge, l'Hercule de foire démonte une épaule à un ancien lignard, le sergent de ville, faisant tournoyer son fusil, fait sauter dents et nez, le sang gicle, la merde aussi car bien sûr les coups de pied dans le ventre ne sont pas du tout indiqués aux diarrhéiques, on titube, on s'écroule, on se relève, on serre, on broie, on mord, on s'esquinte les phalanges, on vocifère. Les chevaux, ceux qui restent, se cabrent et hennissent, plusieurs rompent leur longe et s'échappent. Pertuiset au début cherche à rétablir l'ordre, mais c'est une cause désespérée alors autant en profiter pour régler ses comptes, il mugit et se lance tête baissée contre Le Scouézic qu'il projette à plusieurs mètres, sternum enfoncé, deux côtes cassées. Ils sont tous tellement aveuglés par la fureur qu'ils ne remarquent pas la corvette jusqu'à ce que le lieutenant Jorge Montt Alvarez fasse tirer un coup de canon au-dessus de leurs têtes. Alors, pantelants, haletants, sanguinolents, ils baissent les bras, ils titubent, ils fixent hébétés la mer, où l'*Abtao* laisse tomber son ancre dans un grondement de chaîne. Une chaloupe est mise à l'eau, des marins en sautent qui les rassemblent *manu militari*. Dix jours plus tard, on les jette dans le premier vapeur en route pour Liverpool. Le photographe et le boulanger, qui n'ont pas participé à la bagarre, leur état physique l'atteste, obtiennent l'autorisation de rester à Punta Arenas, où ils vont introduire les merveilles du « pain français » et du « portrait Rembrandt ».

13

Un rhinocéros en mal d'enfant

« J'ai une amie, lui écrit Manet, qui serait très curieuse que vous lui fassiez récit de vos aventures. Vous la divertirez, et je crois qu'elle vous plaira aussi. » Au soir dit, il vient le prendre passage de l'Élysée-des-Beaux-Arts. C'est une belle et douce nuit de juin, les lumières du gaz et de l'électricité, le long du boulevard de Clichy, colorent d'émeraude les feuillages des marronniers au sein de quoi brillent les cierges roses et blancs des fleurs. Ils vont à pied, la rue des Moines, où habite Nina, n'est pas très loin, et qui oserait attaquer des promeneurs dont l'un a une si formidable carrure ? Manet, mince, serré dans une élégante redingote sable, haut-de-forme en tête, canne à la main, ressent depuis quelque temps des picotements douloureux dans le pied gauche, des rhumatismes, veut-il croire. Marcher lui fait du bien, croit-il. Pertuiset, énorme, sachant qu'on allait chez des bohèmes, s'est habillé en artiste, costume de velours, lavallière et chapeau à larges ailes. Avenue de Clichy, ils s'arrêtent boire une verte au café Guerbois. Ni le peintre ni le chasseur de lions ne sont de grands absinthiers, mais une petite verte de temps en temps n'a jamais fait de mal à personne. Le Guerbois, Manet n'y va plus guère maintenant, c'était son quartier général il n'y a pas si longtemps, il y retrouvait Fantin-Latour, le sarcastique Degas, le grand Bazille qui a été tué pendant la guerre, dans les zouaves, Monet qui n'avait jamais un rond, Zola qui n'était pas encore écrivain à succès et chef d'école, c'était il n'y a pas si longtemps et ce temps-là est pourtant celui de sa jeunesse, celui d'une vie qui déjà s'est séparée de sa vie d'aujourd'hui. Quand il entre au Guerbois, on le salue bien bas, il est un Monsieur à présent – un Monsieur scandaleux, mais un Monsieur. Il n'a rien trahi, rien cédé, et pourtant quelque chose a changé par rapport à l'époque d'*Olympia*, quelque chose dans l'air qu'il respire est moins vif, moins électrique, dirait-on. Est-ce le monde qui a changé? Pourtant, les mêmes combats sont à mener, à jamais, la bêtise, le conformisme, le mauvais goût sont toujours triomphants, les bœufs couronnés ruminent à l'École des Beaux-arts, à l'Académie, au Salon. Est-ce l'excitante ambiguïté de ses rapports avec Berthe qu'il regrette? Mais non, d'ailleurs la belle, la blonde Méry, qu'il connaît depuis peu, est piquante aussi et beaucoup plus gaie. Alors, c'est peut-être simplement d'avoir à présent une œuvre à défendre. Peut-être cela rend-il, quoi qu'on en ait, plus lourd, moins libre. Tout n'est pas *devant*, à inventer. Tout n'est plus possible. Une œuvre, ce qu'on appelle ainsi, c'est du temps matérialisé, figé, qui vous leste, vous lie comme un socle. Serait-ce ça la raison de la fugitive mélancolie qu'il lui arrive d'éprouver, lui si gai ? Ils s'installent à la table qui était celle du «groupe des Batignolles», au fond à gauche, dans l'arrière-salle, celle des billards, qui donne sur les ombres d'un jardin. Tout le quartier qui s'étend jusqu'aux fortifications est plein de jardins, de chemins creux, c'est déjà presque la campagne. Il y a une ferme attenante au cabaret du Père Lathuille, juste à côté.

(Sur l'emplacement du Père Lathuille, aujourd'hui, est construit le «Cinéma des cinéastes». Un hasard te mène là : la projection de presse d'un film tourné par une amie très chère (tu y apparais au dernier plan, sonnant à une porte, et ce sera sûrement, de toute ta vie, ton seul rôle au cinéma – ils ne savent pas ce qu'ils ont raté). Dans l'escalier qui mène au bistro du ciné, il y a une gravure de *La Défense de la barrière de Clichy en 1814*, par Horace Vernet. C'est cette grande machine qui a rendu célèbre le cabaret. Le maréchal Moncey est, comme il se doit, au centre du tableau, à cheval. Le cheval est cabré, comme il convient à un cheval héroïque, et le maréchal tend le bras dans un geste de commandement, comme il sied à un chef : tout est symboliquement en ordre. C'est académiquement académique («Je hais cet homme, écrit assez drôlement Baudelaire parlant d'Horace Vernet, parce que ses tableaux ne sont point de la peinture, mais une masturbation agile et fréquente, une irritation de l'épiderme français »). À gauche, on voit – quelque peu en flammes, convention destinée à nous rappeler qu'il s'agit d'une bataille – le grand pavillon de Ledoux, qui sera détruit en 1864, lors de l'aménagement de la place, et, dans la direction que désigne l'index maréchalesque, le pignon d'une maison portant l'inscription « Au Père Lathuille ». C'est dans ce cabaret que Moncey a établi son quartier général lors des combats pour la défense de Paris, en mars 1814. En face il y a des Cosaques, qui n'ont pas la réputation d'être des garçons très avenants, et qui le sont d'autant moins qu'ils sont commandés par un émigré avide de vengeance, le général-comte de Langeron. Le père Lathuille, le taulier, a offert ses provisions et sa cave aux jeunes soldats de Moncey, les encourageant à tout liquider afin de ne rien laisser à l'ennemi, et on imagine qu'ils ne se sont pas fait prier. Soixante-cinq ans plus tard, Manet a représenté, en un tableau certes moins académique, une scène moins martiale : on y voit, *Chez le Père Lathuille*, un jeune homme à fine moustache (Louis, le petit-fils du cabaretier patriote) faire la cour à une jeune femme au long nez, à l'air un peu pincé, chapeautée, jabotée de dentelle, les deux mains gainées de mitaines posées bien sagement autour de son assiette. Ils sont assis côte à côte à une table, dans le jardin du restaurant tout vibrant de lumière. « La vie rendue sans emphase, telle qu'elle est », s'enthousiasma Huysmans. Toi, c'est à la sœur du petit

Louis, que Manet a peinte aussi, que tu aurais bien fait la cour : coiffée d'un bibi blanc, corsage de mousseline échancré sur les seins, bras nus, elle a un côté Sophie Marceau. L'actuel taulier t'entraîne devant un mur datant du temps de l'Éden, le café-concert que Louis fit construire, au début du vingtième siècle, sur l'emplacement du restaurant. On y lit encore une inscription défraîchie : « Il est formellement interdit aux artistes (sans distinction) de stationner dans les coulisses ainsi que d'emmener des parents ou des étrangers dans les loges. » On ne plaisantait pas, à l'Éden. Au numéro 9 de l'avenue de Clichy, là où était le Guerbois, un magasin de chaussures Bata. Au 11, la boutique de Hennequin, le marchand de couleurs de Manet, est à présent une quincaillerie, on y vend, avec des couteaux et des ciseaux, toutes sortes d'objets plaisamment surannés, garde-manger, râpes à fromage, moulinettes à légumes, ventouses à déboucher les éviers, on dirait qu'on y tient commerce de représentations du temps de ton enfance… La belle façade de mosaïque vert bronze et rouge, ornée d'une palette et de deux pinceaux croisés, et de l'inscription « Maison fondée en 1830 », n'a pas changé depuis le temps de Manet. En face, de l'autre côté de l'avenue, le passage Lathuille, tout bossué de gros pavés, mélange des traits des Paris populaire d'autrefois et d'aujourd'hui – petits immeubles à toits de tuiles, à persiennes blanches, antiques ateliers, hôtels pour travailleurs immigrés, pavoisés de lessive. Un renfoncement dans une haute façade est fermé par un grillage à quoi, de façon inexplicable et poétique, des cintres sont accrochés, en désordre, du rez-de-chaussée jusqu'au sixième étage : une penderie pour oiseaux ?)

Ils marchent le long de l'avenue, sombre à présent, où luit de loin en loin un vague quinquet, une fenêtre pâle. Des filles dans des embrasures, des marlous. À leur droite, un peu plus haut, le long mur du cimetière Montmartre. Manet se souvient des morts de décembre couchés sous la paille, sur la neige rougie de sang. Il y a… un quart de siècle. Les corbeaux fouillant les plaies. Que de sang, depuis, que de temps… Il vient d'illustrer de grandes encres *Le Corbeau* d'Edgar Poe, traduit par son ami Mallarmé. « Majestueux corbeau des saints jours de jadis… » Plus haut sur la butte, la silhouette d'un moulin contre le ciel laiteux. *Clair de lune sur le port de Boulogne*… C'est bien cela, avoir une œuvre alourdit, empêche de voir avec des yeux naissants. *Nevermore*… Allons, ils sont en route pour s'amuser, ce soir. Au sommet d'un mur, vision fugitive, un chat noir qu'ils effraient, dos arqué, poil hérissé, yeux diaboliques, souvenir d'*Olympia*. Entre des terrains vagues entourés de palissades, une lanterne rayonne dans la baraque d'un marchand de vin. « Vous qui connaissez les sauvages de Terre de Feu, vous ne connaissez peut-être pas les sauvages parisiens. Là où nous allons, c'est une sorte de campement d'Indiens de Paris. Nina est la reine de cette tribu. Sérieusement, c'est une pétroleuse. Une comtesse pétroleuse. On dit qu'elle récitait des vers enflammés, debout sur une table du café de Madrid, à des fêtes de la Commune. On dit qu'elle a brandi un drapeau rouge à sa fenêtre pendant la Semaine sanglante – elle habitait alors rue Chaptal. Ce n'est peut-être pas vrai, pas *tout à fait* vrai, mais… le simple fait qu'on puisse dire ça d'elle… Ce qui est certain, c'est qu'elle était très amie de dirigeants de la Commune, Rigault, Flourens… On dit encore qu'elle serait la fille d'un cheikh algérien, d'un grand seigneur florentin… Elle excite l'imagination. Enfin, vous verrez, c'est quelqu'un qui n'a pas froid aux yeux, une aventurière. Elle est toquée, et très drôle. D'ailleurs, aucun bourgeois n'a jamais été admis chez elle. » Un mur le long de la rue des Moines, une maison de briques roses qu'on voit au-dessus, avec entre les fenêtres flamboyantes des amours en terre cuite dans des niches stuquées, les frondaisons noires d'un jardin, où des lanternes font des festons d'or, un hourvari de cris, de rires : ils sont arrivés.

À peine ont-ils franchi la porte que Nina accourt, coupe de champagne à la main. C'est une petite femme aux cheveux de jais noués en haut chignon dans lequel scintillent des perles, des chaînettes d'argent, des cabochons de couleur. Grands yeux noirs dans un visage d'un blanc de porcelaine. Elle est drapée, un peu dodue, dans une sorte de kimono de soie bleue imprimé d'oiseaux blancs. Enfin, très japonaise. « Quelle excitation, vous êtes le tueur de lions ? » demande-t-elle à Pertuiset en lui donnant à baiser, cassée sur un poignet où tintinnabulent des bracelets d'argent et d'ébène, sa petite main blanche. «Pour vous servir, Madame, répond l'autre balourd. – Je vais vous présenter Maman», lui dit-elle, et elle s'empare de sa patte de plantigrade et le tire à travers la foule, tenant toujours entre les doigts délicats de sa main droite sa coupe de champagne, «Maman est un peu spéciale, elle a un singe», le prévient-elle, et lui: «Un singe?» Et elle: «Oui Almanzor, vous verrez, il n'est pas méchant, pourquoi est-ce que je vous dis ça, suis-je bête, ce n'est pas un pauvre singe qui va faire peur à un tueur de lions», et alors qu'elle l'a déjà un peu remorqué vers le fond du jardin elle change d'avis soudain, «Mais vous n'avez rien à boire, c'est affreux», et on repart vers la maison où des bouteilles rafraîchissent dans des vasques de cristal, dans un salon bleu au plafond peint de nymphes. «Donnez-vous la peine d'ouvrir, ici c'est à la bonne franquette», il enfonce son index gauche dans le cul de la bouteille, commence à défaire le corselet et... *damned!* le projectile jaillit et va frapper une nymphe au plafond, libérant un flot de mousse qui asperge Nina. Il est tout confus et se dandine sur ses pieds, mais elle lui dit en riant, enfonçant un doigt de sa petite main dans sa vaste panse, qu'il jouit trop vite et il commence à protester puis il pense que c'est bête et ne sait plus quoi dire. Mais déjà elle l'entraîne de nouveau et les voici devant une vieille sorcière goyesque tout de noir vêtue, avec une mantille noire piquée dans les cheveux gris par un haut peigne d'écaille et un singe sur l'épaule, en effet. «Maman je te présente Monsieur Pertuisard, qui a tué des lions. — Pertuiset», corrige-t-il, et elle: «Ça n'a pas d'importance. — Quelle horreur!» laisse tomber la vieille momie, tandis que le singe fronce frénétiquement ses babines mauves tout en se grattant les couilles.

«Je vous avais prévenu qu'elle était un peu spéciale», lui dit-elle, et à présent elle veut lui présenter son amant, qui est un poète et un grand savant, qui a imaginé un système pour correspondre avec les habitants des autres planètes, elle le cherche mais ne le trouve pas, serait-il à la cave en train de sauter Rosalba, la jolie servante? Il en serait bien capable, le salaud. «Vous avez un cigare?» Il lui en tend un, elle l'allume, aspire, ferme les yeux, souffle loin la fumée bleue. «J'ai écrit une pièce, figurez-vous, continue-t-elle (elle change tout le temps de sujet, Pertuiset est un peu perdu, le temps qu'il prépare une réplique spirituelle elle est déjà passée à autre chose), qui s'appelle *La Dompteuse de lions*», et voilà qu'elle commence à lui raconter l'histoire, assez embrouillée, et qu'elle a écrit ça avec le jeune France, «Anatole France, vous connaissez?», qui lui faisait un peu la cour, que ça n'a pas plu à Charles (son amant; mais où a-t-il pu passer, ce Charles?) qui a giflé France qui s'est comporté comme... «Décidément ce pâté / Est délicieux; de ma vie...»: des beuglements éclatent vers la maison, une rengaine braillée par une dizaine de voix éméchées;

«… Je n'en ai, je le certifie / Mangé de mieux apprêté»,
un squelette barbichu tape ça sur le piano, c'est le
musicien Cabaner, Verlaine disait qu'il ressemblait à
un Christ qui aurait trois ans d'absinthe derrière lui.
Verlaine, il paraît qu'il est en Angleterre, maintenant,
devenu très confit en dévotion, on a du mal à le croire,
quand il venait ici il était toujours ivre et mauvais,
il finissait par tirer le couteau ou la canne-épée, une
fois il a poursuivi cette malheureuse Clochette avec
un tisonnier rougi au feu, vous l'avez connu, Verlaine ?
«Décidément ce pâté / Est délicieux ; de ma vie / Je n'en
ai, je le certifie / Mangé de mieux apprêté», le chœur
aviné reprend, secoué de rires cependant que Rosalba,
c'est elle Rosalba, dispose, riant elle aussi, des plats de
charcuterie et des terrines sur une table, et se penchant
elle montre des seins veloutés, qu'on irait bien dénicher,
oh oui, et d'ailleurs un des choristes tente une caresse
et se fait taper sur la main mais on sent que c'est pour
la forme.

Clochette, Clochette, ce nom lui dit quelque chose,
il ne connaît ni cet Anatole France qui n'a pas osé
se battre ni ce Verlaine si prompt à tirer la lame, mais
Clochette, il a déjà entendu ce nom-là. «Qui est-ce,
Clochette ? s'enhardit-il à demander à la fantasque Japonaise. – Clochette de Miraflores, oh, une… femme du
monde (elle pouffe), enfin elle a été modèle, Manet l'a
peinte, seins nus, ça on ne peut pas dire qu'elle n'a pas
de beaux seins, et puis chanteuse avant, paraît-il», mais

la voici justement, et justement en compagnie de Manet et d'un autre qui est le poète Léon Dierx. Au fond du jardin, sous un tilleul dont une lanterne fait briller les feuilles dans la nuit comme autant de pièces d'or, ils sont assis autour d'une table chargée de verres, le poète a mis de la glace dans son haut-de-forme et une bouteille de champagne dedans, et voici que Clochette se penche et écarte à deux mains les pans de son corsage, laissant rouler les globes magnifiques de ses seins aux larges aréoles sombres, le poète boit cul sec une coupe, puis une autre, et maintenant Clochette, levant la jambe comme pour un cancan, pose le talon sur la table et tire lentement le satin rouge de sa robe, lentement, le long du mollet, du genou, de la cuisse, Manet boit et rit et avance la main vers la jambe gainée de soie et le poète tombe de sa chaise, évanoui. Clochette se précipite, lui donne des petites tapes pour le faire revenir à lui, l'aère à petits coups précipités d'éventail, il se relève. Le chasseur de lions aussi est très pâle. « Vous connaissez Clochette ? » s'enquiert Nina. Un peu.

Un peu, oui. Les yeux charbonneux, les lèvres rouges entrouvertes sur des dents écartées, le grain de beauté sur la tempe droite. Il revoit la fête dans les jardins d'Henry Meiggs, à Lima, le ballon-monstre de Teofilo Zevallos, le tremblement de terre. Les nuits de la Maison Dorée. Oui, je l'ai un peu connue, en d'autres temps. Il va vers eux, sous le tilleul, massif et solennel, il demande timidement à la *señorita* Géraldine si elle le reconnaît, et oui, elle le reconnaît mais reste distante, peut-être ne veut-elle pas causer de nouvelles alarmes au poète qui est son amant du moment, et qui est d'un naturel fragile. Manet l'invite à s'asseoir avec eux. « Vous vous connaissiez ? » interroge Dierx, inquiet, et elle répond très vite que Monsieur a assisté à plusieurs de ses spectacles au cours d'une tournée sud-américaine, il y a quelques années, qu'il a eu la bonté de lui faire livrer des fleurs, que sans se vanter elle a eu des triomphes à Lima, que... « On s'est rencontrés lors d'une fête chez un magnat américain des chemins de fer, reprend l'autre balourd sans comprendre les regards terribles qu'elle lui lance, il y a eu un tremblement de terre et... – Oui, il y avait souvent des tremblements de terre au Pérou, l'interrompt-elle, une fois le grand lustre du théâtre s'est décroché, j'étais en train de chanter "Là, vrai, je ne suis pas coupable", à l'acte trois de *La Belle Hélène*, vous savez, quand Ménélas revient et qu'il la trouve, enfin... avec Pâris, et soudain tout s'est mis à bouger, et la salle à crier et le grand lustre, avec je ne sais pas combien de bougies, à osciller et puis, oh, je revois la scène, c'était affreux... – C'est curieux, je ne m'en souviens pas », s'étonne le chasseur de gaffes, et là c'est Manet qui lui allonge un petit coup de pied dans la cheville, et il ne comprend pas bien ce qui se passe mais à ce moment, couinant frénétiquement, un cochon noir fonce sous la table et emporte la nappe et les verres avec lui. « C'est encore Monsieur Thiers qui lui aura fait peur », observe Manet, et à l'intention de

Pertuiset il explique: «Monsieur Thiers, c'est une hyène que Richepin a ramenée d'Algérie pour Nina. Là-bas, regardez!» Là-bas, près du piano, dos arqué, oreilles rondes, mufle au sol, ballottant un vit rouge, mince et incroyablement long, une sorte d'asperge carminée, trottine une jeune hyène, en effet.

«Allons, je vous l'enlève, je le cherchais partout»: la virevoltante Nina vient le pêcher par la manche, ce qui arrange bien la fée Clochette, et lui est flatté de cette attention que lui manifeste la maîtresse des lieux mais il se méfie aussi, il se demande si on ne se moque pas un peu de lui et cela altère son plaisir. Le Christ buveur d'absinthe s'est remis au piano, les bouchons de champagne pètent, les rires fusent, les couplets à boire, les cris de pudeur faussement effarouchée, elle le traîne à travers la foule, lui présentant l'un ou l'autre. Voici un jeune prince barbare, un costaud très brun à tignasse et barbe frisées, cou de taureau, scintillant dans une sorte de tunique de soie mauve cloutée de bijoux, un écrivain fraîchement auréolé de la gloire d'avoir fait un mois de prison pour un livre dont il ne saisit pas bien le titre. Elle les présente: «Monsieur Pertuisard, un explorateur qui a chassé le lion en Terre de Feu, Jean Richepin, franc-tireur, matelot, docker, poète, bohémien.» Et quoi encore. Un clown, plutôt, à son avis. «Pertuiset», corrige-t-il. Cette façon qu'elle a d'estropier son nom commence à l'irriter. «Et le lion, c'était en Algérie. En Terre de Feu, il n'y a que des guanacos.» Entre les deux costauds l'antipathie est immédiate, Richepin est aussi fort que lui, mais bien plus jeune et encore plus vantard. « Est-ce que vous boxez ? lui demande-t-il, abrupt. – Ça m'arrive. – Alors il faudra qu'on fasse quelques reprises. » Évidemment ce frimeur croit qu'il va le descendre. C'est ce qu'on va voir. Plus loin, avant qu'il ait eu le temps de dire un mot, elle le présente à un petit homme à la belle moustache blonde de Gaulois, aux cheveux un peu fous, à la voix lente et flûtée : mais Stéphane Mallarmé, bien sûr qu'il le connaît ! Il l'a rencontré plusieurs fois à l'atelier de Manet. Même, une fois, le poète lui a demandé de l'accompagner voir un spectacle de lutte aux Arènes athlétiques, rue Le Peletier. L'Homme masqué contre le Terrible Savoyard. Ça l'a étonné qu'un homme aussi fin, aussi doux, aussi pensif ait envie d'aller passer deux heures dans les odeurs de sueur et les vociférations, mais Mallarmé lui a expliqué qu'il essayait de concevoir un théâtre total, qui reprendrait en les sublimant toutes les formes de spectacles, même les plus populaires. Enfin, il n'a pas compris grand-chose. Il ne comprend pas grand-chose à ce que dit ou écrit Stéphane Mallarmé, mais ce petit homme impérieux et doux l'impressionne, il sent en lui une assurance, une intrépidité tranquille que même Manet n'a pas. Lui qui parle à tout bout de champ d'hommes « éminents », de personnalités « supérieures », il sent qu'il a affaire, là, à une vraie éminence, à une supériorité mystérieuse mais incontestable. Mallarmé, lorsqu'ils arrivent à lui, est en train d'écouter, avec une expression de bienveillante ironie, la diatribe véhémente d'un personnage à tête de chat que Pertuiset connaît aussi : pâle visage triangulaire qu'une barbiche à la Napoléon III rend plus pointu encore, yeux d'un bleu intense sous un grand front encadré de longs cheveux blonds, c'est le comte Auguste de Villiers de l'Isle-Adam. Il est très agité, triturant sa moustache, volubile comme toujours. Il a intenté un procès aux auteurs d'une pièce dans laquelle est calomnié, selon lui, un sien ancêtre datant de la guerre de Cent Ans, et il vient d'être débouté. Qu'est-ce que cette justice de bourgeois peut comprendre à l'honneur d'une grande famille ? Il ne décolère pas, l'affaire lui paraît de la dernière gravité. « Vingt-deux fois comte », comme il aime à dire, se prétendant prince du Saint-Empire, dernier Grand Maître de l'ordre de Malte (« Il descend des Templiers par les funambules », dit Edmond de Goncourt), aristocrate communard, Grand d'Espagne imaginaire et vrai clochard, Villiers est un personnage autrement plus magnifique que le costaud en déguisement de brocart. Dramatique et bouffon, comédien de génie parce qu'il ne joue pas la comédie, il crible Mallarmé d'une prodigieuse mitraille verbale où passent des noms enluminés, Jeanne d'Arc et Jean Sans-Peur, Henry V et Soliman le Magnifique, des grincements d'armures, des hennissements de palefrois, des répons grégoriens, des murailles défendues contre le Turc. Pas de parole moins prosaïque que la sienne.

Mais voici que s'avancent deux espèces de major-domes grotesques, portant sur le plastron de leur habit, suspendue à une chaînette comme une Toison d'or, une cuiller d'argent percée. Ils frappent le sol de leur canne et annoncent : « Gentes Dames, joyeux lurons : le Grand Absinthier ! » Aussitôt le Christ saute sur son tabouret et plaque au piano les accords d'un air dont tout le monde reprend le refrain : « De la verte, / Berthe ! / Et des pieds de porc / Merte alors ! » Secouant une noire crinière bouclée, une sorte de Calabrais bondit sur une estrade, la poitrine barrée par un large ruban vert. Teint bistre, yeux charbonneux, fine moustache, c'est Charles enfin retrouvé ! Où était-il donc passé, le monstre ? Nina lui lance des baisers. Vous ne connaissez pas Charles Cros ? L'extravagant, le magnifique Charles Cros, poète, chansonnier, photographe, inventeur ! Bricoleur génial du Savoir ! Le Grand Absinthier demande le silence, et annonce qu'on va jouer un petit divertissement de sa composition, une comédie en un acte et en vers (« En vert ! Forcément ! » crie un plaisant, et chacun rit) : *La Machine à changer le caractère des femmes*. On pose sur l'estrade une baraque foraine munie de deux portes et d'un manomètre qui intrigue fort. D'une fenêtre, on laisse tomber derrière une toile peinte, voilà le décor. Clara (la délicieuse Rosalba) cherche querelle à Anselme, son mari. Survient à point nommé un boni-menteur, qui vante l'extraordinaire machine inventée par un ingénieur du Calvados : c'est la cabane au manomètre. L'imbécile d'Anselme y pousse sa femme. La machine s'agite, le manomètre s'affole. Clara ressort par une porte, très émue et adoucie, l'ingénieur (Charles Cros lui-même) par une autre. Anselme remercie chaudement l'inventeur. Pertuiset rit beaucoup, c'est le genre de pantalonnade qu'il aime. Mallarmé et Villiers applaudissent du bout des doigts.

Cette *Machine* l'a mis de bonne humeur. Au fond, pense-t-il, ces gens ne sont pas si compliqués, si chics que ça. Ils aiment bien la rigolade, comme lui. Il se sent moins étranger, plus à l'aise dans leur compagnie. Il va se servir une bonne tranche de rosbif avec un verre de rouge. Devant le buffet, il tombe sur la *señorita*. Enfin, Clochette de Miraflores. Ses bras blancs, un peu dodus, sous les manches d'organza... La rondeur de ses épaules, l'ombre crémeuse de ses seins... Le ressaut de ses reins... Il est tout excité, il bande, il est un lion, il irait bien essayer la machine avec elle, lui dit-il. Il croit qu'ils feraient péter le manomètre. Ça ne la fait pas rire. Douche froide. «Tout de même, balbutie-t-il, nous nous sommes... bien connus, il n'y a pas si longtemps.» Si, justement, c'était il y a longtemps. Il est désemparé, il ne sait plus que dire, alors il lui parle du trésor. Quel trésor ? Elle ne voit pas de quoi il parle. Mais enfin, le trésor des Incas. Elle ne se souvient pas, le dîner chez Malinowski, le récit de Don Irrozoval, la séance de magnétisme à la Maison Dorée ? Elle éclate de rire. Les Incas... c'est lui, qui est un cas ! Elle a tout inventé, ce soir-là. Elle en avait assez de ses histoires, elle voulait dormir, c'est tout.

Alors après, forcément, il boit beaucoup. À un moment, Nina vient le chercher de nouveau, il faut décidément qu'il raconte ses aventures, on brûle de les connaître. Ça le réconforte un peu. On l'emmène dans un petit boudoir, «pour être tranquilles». Il se demande s'il ne devrait pas... S'agit-il d'une «machine»? Mais non, il a peur de faire encore une gaffe. Il a la tête qui bourdonne un peu. Il se laisse tomber dans un fauteuil dont un pied cède sous le choc, le voici confus derechef, ce n'est pas grave, on lui tire un autre fauteuil. Les sauvages de la Terre de Feu sont-ils bien dangereux? Il est tenté de répondre «oui, très féroces», de décrire des géants nus, festoyant de chair humaine, crue, sanglante... des orgies de viscères tièdes... mais il est las tout à coup de ces fables, du rôle qu'il y tient. La *señorita* Géraldine, *alias* Clochette de Miraflores, a tranché en lui, ce soir, la veine romanesque. «Non, Madame, répond-il, ils fuient comme des lapins. – Écoutez, laissez tomber les "Madame", appelez-moi Nina, sinon je vous donne du "Monsieur". Dites-moi plutôt comment ils se vêtent. Et comment ils chassent. Est-ce qu'ils pêchent la baleine? Et les pingouins, y en a-t-il beaucoup? Et la Terre de Feu, à quoi ça ressemble? Le nom fait rêver... – C'est plat, avec quelques collines, des hautes herbes... Pas un arbre, des lacs... Du vent, beaucoup de vent... C'est... très loin...» Décidément, il n'est pas en forme.

Nina tente de le lancer sur le sujet du lion. Ah, le lion…
oui, le lion… Bien sûr. Le lion lui redonne quelques
forces. C'est vers le soir qu'il commence à rugir, à
l'heure où les ombres s'allongent. L'heure violette. Tout
se tait alors, tout se cache, les animaux sauvages regagnent leur tanière, les chevaux attachés, dans les douars,
sont parcourus de frissons, les Arabes allument de
grands feux pour éloigner le danger… Mais n'écoutant
que son courage, l'intrépide chasseur part à sa rencontre
dans la nuit qui tombe (le lion le requinque, il s'exalte
peu à peu, il trouve les formules pompeuses qu'il
affectionne). Soudain! Là, tout près! C'est comme si la
foudre tombait! Votre sang se glace! Votre front se
couvre de sueur! Celui-là seul sait ce qu'est la peur qui
a entendu retentir dans l'obscurité le cri du roi des
animaux!

Pertuiset n'est pas mécontent de son effet, il s'envoie
une coupe de champagne, puis une autre. L'ivresse
aidant, il se sent prêt pour le coup de l'arrosoir. «Voulez-
vous, Nina, que je vous donne une idée – oh, très insuf-
fisante – de ce qu'est le rugissement du lion?» Et comme
elle acquiesce, évidemment, il demande qu'on lui porte
un arrosoir, le plus gros dont on dispose. En attendant,
il continue à se rincer. Rosalba finit par arriver, porteuse
d'un arrosoir en zinc (cette gazelle-là, il se la dévorerait
bien…). De son index plié, il en éprouve la résonance.
Toc toc. Parfait. Maintenant, qu'on tire les rideaux,
qu'on éteigne les lumières! Voilà, il fait noir. Nina

s'amuse enfin. Qu'est-ce que… ? Rosalba, intriguée, est restée. Pertuiset se met à quatre pattes, la tête enfouie dans l'ouverture de l'arrosoir. Quelques grondements pour s'éclaircir la gorge, et il y va. *Rrrrrrraooorrrrr!* Répercuté, amplifié par la caisse de métal, le rugissement rebondit en échos effroyables. Nina et Rosalba, poussant des cris stridents, se jettent dans les bras l'une de l'autre. Dans le jardin, toutes les conversations s'arrêtent, les yeux s'agrandissent, les verres qu'on portait aux lèvres se renversent, le piano perd les pédales, les assis sautent sur leurs pieds, ceux qui sont debout se figent. Les mains qui se baladaient se crispent sous l'étoffe, griffent la peau tiède, Catulle Mendès mord la lèvre de Laure d'Aurigny avec qui il était en pourparlers intimes sur un sofa. Villiers et Charles Cros, qui se livrent un combat de boxe amical, restent paralysés, en garde. La voix de Théodore de Banville, qui récite un poème, se suspend à l'orée délicate d'un tercet. Un jeune gommeux, que Richepin vient de souffleter, reste la main tendue vers ses lunettes dorées accrochées aux branches basses d'un arbre. La hyène, queue entre les jambes, court se réfugier sous les tréteaux juponnés du buffet.

Le Grand Absinthier est le premier à reprendre ses esprits. Nina! Que lui est-il arrivé? Un vampire, un loup-garou? Un orang-outang, comme dans cette histoire d'Edgar Poe qu'a traduite Baudelaire? Il court dans la maison, suivi par les plus courageux, Richepin, Manet,

Villiers… Ce qu'ils découvrent dans le boudoir les laisse effarés, bientôt hilares. Le chasseur de lions, à genoux, a la tête coincée dans l'arrosoir. À rebours, ses oreilles ne passent pas. Il ne rugit plus, il beugle plutôt. C'est un Minotaure. Il secoue le casque dont il tente vainement de s'extraire. C'est un gladiateur. Chacun accourt, à présent que les éclats de rire qui proviennent de l'intérieur de la maison apprennent qu'il n'y a pas de danger. Jamais on n'a vu chez Nina spectacle aussi drôle. À quatre pattes, l'énorme convive hoche de droite et de gauche son mufle de métal gris, sur quoi le bec de l'arrosoir plante comme une corne. «Un rhinocéros!» s'esclaffe Richepin. C'est une révélation, tous scandent: «Le rhinocéros! Le rhinocéros!» C'est trop beau! Charles de Sivry, le beau-frère de Verlaine, un grand adepte de l'absomphe lui aussi, se précipite au piano. Il est l'auteur d'une chanson absurde qui est une des scies de chez Nina: «Le rhinocéros en mal d'enfant». Il attaque le premier couplet, et chacun reprend, et tous braillent: «Un jour au Jardin des Plantes / Un jeune rhinocéros / Poussait des plaintes touchantes / En avalant un vieil os…» Au-dessus des arbres noirs, au-dessus des moulins de Montmartre, le ciel pâlit. Il est cinq heures, ils n'ont pas sommeil.

14

Un cache-sexe en peau de rat

Dans le jardin du passage de l'Élysée-des-Beaux-Arts, il esquisse quelques arbres, la pénombre bleutée que tamise le feuillage. Puis ils se transportent, Pertuiset et lui, à l'atelier, qui n'est plus celui qu'il aimait, rue de Saint-Pétersbourg, sur le bord de la tranchée où fument les locomotives. L'exposition privée qu'il y a organisée a connu un tel concours que les voisins, dérangés, ont protesté, et que le propriétaire lui a donné son congé. Il y a recueilli, sur le registre proposé aux visiteurs, son lot habituel d'outrages, mais il y a aussi connu Méry. Méry est une belle blonde aux charmes généreux, à l'amour généreux aussi – certains l'appellent «toute la lyre». Méry est généreuse en tout, et son protecteur, le dentiste américain de feu Napoléon III qui a aidé la grosse Eugénie à fuir, est généreux aussi, cela tombe bien. Avec tout cela, Méry est intelligente, on n'imagine pas qu'une femme qui sera l'amour de la vie de Mallarmé soit une sotte. On se transporte donc au 77, rue d'Amsterdam.

Les séances de pose sont longues et nombreuses. Manet se fatigue vite, sa jambe gauche le gêne, ankylosée, irritée de mille petites piqûres. Ces douleurs qui sont apparues quelques années auparavant, il veut croire qu'elles sont dues à des rhumatismes. Lui qui était un athlète de la peinture, qu'une «furie», aux dires de Mallarmé, jetait vers la toile, il doit souvent faire une pose pour s'allonger et reprendre des forces. Pertuiset le distrait avec le récit de ses aventures. «La nuit tombe sur les collines d'Afrique. La fumée des feux monte, violette, au-dessus des douars que le couchant teinte de rose. Vous voyez le tableau, cher Maître? Verticale, la fumée, il n'y a pas de vent, c'est bon pour la chasse, les odeurs ne portent pas. Soudain, rauque, haletant puis s'étranglant en grondements, éclate un cri formidable, qu'on dirait poussé par un géant d'airain. Même dans les poitrines les plus courageuses, le cœur une seconde s'arrête de battre. C'est le moment que choisit l'intrépide chasseur de lions pour… La nuit est noire, impénétrable. À travers les branchages, à peine distingue-t-on, solitaire, une étoile. Des craquements, des petites courses, un cri étouffé signalent alentour le grouillement de la vie sauvage. Parfaitement immobile au sein du fourré, maîtrisant le rythme de sa respiration et même les battements de son cœur – c'est une discipline, cher Maître, que seuls peuvent avoir ceux qui possèdent une grande force magnétique –, l'intrépide chasseur de lions attend. Soudain… Sous la lumière de la lune, le chemin qui serpente à travers la forêt de chênes-lièges paraît un ruban d'argent. De chaque côté, des masses d'ombre trouées de flaques de clarté. Un peu, cher Maître, comme sur votre tableau du port de Boulogne la nuit. L'intrépide chasseur de lions avance sans faire de bruit, le doigt sur la gâchette, tous ses sens en alerte. Soudain, averti par quel mystérieux signal, il se retourne et là, à trente pas peut-être, deux yeux flamboyants, énormes… »

Pertuiset cause, brode, enjolive, intarissablement pompeux. Comme un grimpeur qui va de piton en piton, il raconte de poncif en poncif, il a besoin pour avancer dans son histoire de la solidité rassurante du lieu commun. Il affectionne des expressions comme « le roi des animaux », « les hôtes de la forêt », « mon sang se glaça dans mes veines », « le duel à mort entre deux valeureux adversaires ». Boudiné de drap vert sombre, boutonné jusqu'au cou épais, un genou en terre, la crosse de la lourde carabine Devisme calée dans la saignée du coude droit, il est à l'affût dans l'atelier de la rue d'Amsterdam. Il a mangé du lapin chasseur arrosé d'une bonne bouteille de montrachet, le col de la veste l'étrangle un peu, il est plus sanguin encore qu'à l'habitude. Manet mélange sur sa palette des garances et du blanc de céruse, il arrondit un visage d'un rose vinaigré, avec sous un nez peu marqué une moustache de morse, et deux arcs broussailleux au-dessus d'yeux inexpressifs, ou bien exprimant une force butée. Derrière, sommairement rembourrée de vieux vêtements, gît la peau du lion dont ils ont essayé en vain de faire présent à l'empereur, aux Tuileries, il y a une quinzaine d'années. Quatre mètres quarante du mufle au bout de la queue, Monsieur Godde, du *Jockey*, l'a mesurée. Il n'y a plus d'empereur, celui qui le fut est mort, il n'y a plus d'Empire, les Tuileries sont une grande ruine noircie par le feu à travers quoi volent les corbeaux. Le chasseur de lions porte un chapeau noir à large ruban bleu sous lequel est glissée une plume. Ce couvre-chef, qui paraît trop haut et légèrement trop étroit, est d'un effet assez comique. Le chasseur de lions de Rubens portait un casque de héros de l'*Iliade*, mais on est loin de l'épopée, plutôt dans *Tartarin*. Au lieu du furieux tumulte où roulent fauves, chevaux, hommes, étoffes, nuages, aux antipodes de ce nœud baroque des chasseurs et des chassés qui inspire Delacroix, Manet plante le gros balourd aux bottes de plomb, dans un paysage de jardin parisien, devant ce que les mauvais esprits vont aussitôt appeler une descente de lit, et qui ressemble plutôt à un gros phoque kaki.

« Le lion, cher Maître, est le plus noble des animaux, le plus valeureux adversaire de l'homme. À sa voix, tout se tait comme par enchantement... — Racontez-moi plutôt la rencontre avec la femme feugienne », demande Manet qui commence à connaître par cœur les histoires de lion (et qui sent venir le coup de l'arrosoir). Il est allé se reposer un moment sur le sofa, sa jambe ne le portant plus. « Était-elle belle ? – Très belle, sculpturale, cher Maître. Une Vénus sauvage, avec des seins superbes, un peu comme… ceux de cette prétendue Clochette, que vous avez peints, et que j'ai connus avant vous, sauf votre respect, connus de très près, ça on peut le dire. Elle poussait quand nous baisions de véritables feulements. L'émeute grondait dans Lima, la fusillade crépitait, la populace traînait dans les rues les corps hideusement mutilés des frères Gutiérrez, c'était une orgie sanglante, un répugnant festin cannibale, et nous, pendant ce temps-là, nous baisions, cher Maître, nous baisions comme des bêtes, nos cris se mêlaient, se confondaient à ceux de la foule surexcitée. – Mais la femme feugienne ? – Eh bien, voilà. Nous poursuivions, dans une savane, un fort parti d'Indiens qui nous avaient tendu une embuscade, je galopais en tête de ma troupe, dans les hautes herbes bleues qui montaient jusqu'au poitrail de mon cheval, et c'est alors que leur chef à eux fit subitement volte-face, un géant presque nu, le visage peint de rouge et de blanc, grimaçant comme un démon, sa longue chevelure luisante d'huile de poisson, attachée par un ruban de peau de phoque. Il s'arrêta, un imperceptible instant nous nous défiâmes du regard, puis il banda son arc et me visa. Mon cœur s'arrêta de battre. Je savais que sa flèche était empoisonnée, qu'une blessure même légère était mortelle. Je vis l'arc se détendre, et la flèche en bois de fuchsia frappa la cotte de mailles que j'avais eu la prévoyance de faire fabriquer par la manufacture d'armes de Châtellerault. Ce sauvage était digne d'être un chef, c'était un maître archer, sa flèche frappa à la hauteur du cœur et rebondit, en vibrant terriblement, un cavalier moins fort et moins entraîné que moi eût immanquablement été désarçonné. J'éclatai de rire, un rire un peu nerveux, je dois le reconnaître, et cela acheva de décontenancer le sauvage, qui détala de plus belle. J'aurais pu le tirer comme à l'exercice, mais je décidai de lui faire grâce. La vraie force est magnanime. » Il répète la formule : « la vraie force est magnanime », tant il a le sentiment qu'elle mérite d'être remarquée et commentée.

Mais Manet ne commente pas, il s'est remis derrière le chevalet, il a repris le pinceau, il ajoute, de part et d'autre de la large face couleur de vinaigre, les deux touffes de poils en forme de côtelettes qui achèvent de donner au chasseur de lions son air de bistrotier auvergnat. Puis il revient au lion. Il peint l'œil (« l'œil de verre »), avec la petite touche de blanc qui fait briller le noir, il tourne son pinceau et fait le trou dans la tempe gauche, derrière et un peu en dessous de l'œil, puis il effleure le pelage fauve d'une coulure de sang ocre rouge. La Terre de Feu ne le tente pas, son univers c'est Paris, et même pas tout Paris : le quartier de l'Europe, les boulevards, la foule élégante des trottoirs le soir, les regards qu'on croise, les parfums qu'on respire, les robes qu'on suit, les lumières des grands cafés sur lesquelles passent les silhouettes des femmes, les hautes lanternes colorées des kiosques. Le bruissement des conversations, les rires, le roulement des voitures. Quand il est en vacances au bord de la mer, à Boulogne, à Étaples, il s'ennuie vite, alors, le détroit de Magellan... Pour lui, le monde est fait pour aboutir au parfait jeu de couleurs que sertit le cadre d'un tableau, pas pour y chercher l'aventure, il ne recèle pas de trésor caché, il n'y a pas d'or des Incas, il n'y a pas d'autre or au monde que ce que retient du monde le tamis de la toile. Mais les histoires de Pertuiset le distraient, comme les romans de Fenimore Cooper ou de Mayne-Reid. « Elle était cachée sous les herbes, effrayée, avec son enfant qu'elle serrait contre elle, pour l'empêcher de crier. C'est un de mes hommes qui l'a débusquée, un nommé Le Scouëzic, un rustre, un ancien militaire. Il l'a saisie aux cheveux et l'a traînée comme ça au milieu de notre groupe. Je lui ai intimé l'ordre de la lâcher. J'ai vu un éclair de défi dans les yeux de ce drôle, alors, très calmement, je suis descendu de cheval et j'ai marché sur lui. Ça lui a suffi, il a obtempéré, en maugréant. Ne croyez pas, cher Maître, que mon autorité vienne seulement de ma carrure – je reconnais que ça aide, mais il n'y a pas que ça : il y a aussi, je dirais même qu'il y a surtout la force magnétique. C'est par le regard que j'impose ma volonté. L'autorité est une chose aussi immatérielle que le courant électrique, cher Maître. » La formule lui paraît bien venue, digne d'être recopiée dans le carnet de moleskine, mais il n'ose pas, d'ailleurs il lui faudrait quitter la pose. Manet, incrédule, le dévisage, puis observe les yeux qu'il a peints. Magnétiques, ces yeux ? Électriques ? C'est pourtant bien ça. Élargir la pupille ? C'est peut-être justement cette fixité inexpressive qui fascine. On dirait les yeux d'une de ces statues de cire qu'Alfred Grévin est en train de modeler pour le musée que veut ouvrir le directeur du *Gaulois*. C'est Henry Cros, le sculpteur frère de Charles, qui l'a mené visiter son atelier.

« Donc, je la relève. Elle est presque nue, avec seulement une espèce de ceinture de peaux de rats en guise de cache-sexe. Des bracelets aux poignets, faits d'une enfilade de ces perles noires qu'on trouve dans les moules de là-bas. Assez grande, bien faite, casque de cheveux noirs, le nez légèrement épaté, mais surtout ces seins… glorieux, vraiment. Alors, forcément, ça donne des idées… Mais je me dois de montrer l'exemple. Nous sommes là pour apporter la civilisation, après tout. Elle tremble de tous ses membres. Je comprends qu'elle a peur de nous, mais surtout des chevaux. Des hommes, elle sait à quoi s'attendre, mais de ces énormes bêtes ? Elle n'en a jamais vu, elle les regarde avec terreur. Alors je flatte l'encolure de mon cheval, je lui caresse les naseaux, pour lui montrer qu'elle n'a rien à craindre de ce monstre. Elle commence à se rassurer. Je lui offre du chocolat, j'en croque moi-même devant elle. C'est alors que – me croirez-vous, cher Maître ? –, pour répondre à mon présent sans doute, elle met les mains en coupe sous son sein gauche, elle le soutient, le hausse et me le tend… »

Jour après jour il jacte, au 77 de la rue d'Amsterdam, un genou en terre, chapeau en tête, sa grosse carabine à la main. Manet peint, tout en écoutant le récit de ses mirobolantes aventures. À la fin, il y a ce *Portrait de Pertuiset, le chasseur de lions*. 150 x 170 cm, une de ses plus grandes toiles. Les chairs sont très rouges, le sol du sous-bois entre lilas et lie-de-vin. Ce fauve abattu, qui a l'air empaillé, ce gros homme aux yeux ternes, figé, l'arme à la main, dans la pénombre violette, composent une image à la fois grotesque et funèbre. Toujours, il y a eu la mort dans sa peinture. Alors qu'il n'est encore qu'un rapin parmi les autres, un admirateur anonyme de Delacroix, il copie du maître la *Barque* qui porte Dante et Virgile sur le fleuve infernal, parmi les corps convulsés des damnés. Et il copie aussi une *Leçon d'anatomie* de Rembrandt : hommes noirs pressés autour d'un cadavre, comme attablés à un banquet. Un de ses premiers grands tableaux est le terrible portrait de ses parents. Vêtu de noir, coiffé de noir, les yeux fixés à terre où il sera bientôt, le visage blême, creusé, la main droite crispée comme par la douleur sur l'appui du fauteuil, le père est en tête à tête avec la mort. Sa femme, un peu en retrait, est le témoin impuissant, désolé, de cet entretien muet. Ses paupières sont baissées, sa bouche légèrement froncée par une moue de tristesse. Sa main gauche plonge dans l'arc-en-ciel de laine qu'enclôt une corbeille comme dans le peu de vie que réchauffent encore les couleurs au sein de tout ce noir. Leurs regards ne se croisent pas, les regards ne se croiseront jamais dans la peinture de Manet, cette reconnaissance dans les yeux d'autrui est refusée à ses personnages, dont la seule certitude semble être le sentiment de leur solitude. Puis il y a l'*Homme mort*, torero de tout son long étendu dans l'ombre, vêtu de son habit non de lumière mais de nuit. Jamais on ne vit mort si tranquillement, si parfaitement mort, ne gardant sur lui aucun des faux plis de la vie, aucune trace des mouvements désordonnés où la vie jette ses dernières forces. Ce n'est pas un mort réel, mais un mort idéal, un gisant. Et cet homme est un torero mais à peu de chose près il est aussi le garde national tombé sous la barricade de la lithographie *Guerre civile* (et là encore il y a quelque chose d'étrange, et presque de comique, dans le fait que ce soldat mort soit si tranquillement allongé dans le néant qu'il n'en a même pas perdu son képi), et les soldats qui fusillent Maximilien sous le mur de Queretaro sont les mêmes que ceux qui exécutent des insurgés dans *La Barricade*, qui eux-mêmes sont un peu Maximilien et ses deux généraux, Mejia et Miramón. Il y a comme un bal de l'opéra de la mort, une valse où les personnages échangent leurs positions selon des figures très codifiées. Pour Cabaner, l'efflanqué pianiste de chez Nina, l'immortel auteur du *Pâté*, il peint *Le Suicidé* renversé sur un lit de fer, pistolet encore en main, vêtu comme le général

Miramón d'un pantalon sombre dans lequel est prise une chemise blanche que fleurit une large tache rouge.

Le dernier portrait qu'il fait de Berthe la montre en deuil, tragique, brutalement peinte, visage fiché sur le bras, tout enveloppée et sabrée de noir, et il y a aussi l'angoisse qu'on lit dans les yeux de *L'Autoportrait à la palette*, la tristesse dans ceux de la serveuse du *Bar aux Folies-Bergère*, son ultime chef-d'œuvre. Ces mots étrangement beaux sur quoi se taira Villiers, «Adieu Malte, adieu toutes les belles choses», on les mettrait volontiers dans la bouche de cette mélancolique Suzon à qui semble s'adresser un type au nez rouge, une sorte de porc masculin (assez pertuisesque) reflété dans un miroir selon des lois optiques bizarres qui sont peut-être celles du monde mort, différentes, mais légèrement, de celles du monde où nous avons l'impression de vivre. Et il y a encore cette *Amazone* au visage de mante énigmatique, serrée dans une longue redingote noire, un mouchoir blanc passé sous le revers à la place du cœur, coiffée d'un huit-reflets noir, dont la main gantée tient une cravache, qui semble venir vers lui en messagère fatale. Il la peint en 1882, à trois reprises. Après elle, il n'y aura plus de portrait, plus de visage, seulement des fleurs et des fruits.

Manet présente le portrait de Pertuiset au Salon de 1881, avec celui d'Henri Rochefort. Non seulement les deux sont retenus, mais il obtient une médaille, pour le *Chasseur de lions*. Une médaille! Le peintre le plus révolutionnaire de son temps est heureux de gagner une médaille! Car il est heureux! Encore est-ce seulement une «seconde médaille». Mais elle lui ouvre le droit à exposer chaque année, sans passer par le jury qui l'a tant de fois écarté. Et exposer au Salon a toujours été son combat, il a toujours pensé que c'était là, dans ce temple de l'académisme, que la peinture nouvelle devait être reconnue. Monet, Renoir, Berthe, ses amis plus jeunes que lui, ont depuis longtemps renoncé aux cimaises du Palais de l'Industrie, mais lui ne s'est pas découragé. Son obstination lui attire même quelque ironie de ces «impressionnistes» dont il est supposé être le maître. Son ami Degas – la bienveillance n'a jamais été son fort – le juge «plus vaniteux qu'intelligent». Et maintenant le voilà dans la place, il a gagné le droit d'y accrocher ses toiles chaque année, comme des trophées pris à l'ennemi. Il a gagné ce droit, mais il n'y aura plus qu'une année, plus que deux toiles : *Jeanne*, et le *Bar aux Folies-Bergère*. Adieu toutes les belles choses. Son *Chasseur de lions* recueille les sarcasmes habituels – « Portrait de Monsieur Pertuiset au moment où il vient de tuer une descente de lit », c'est le titre d'une caricature de Robida –, mais ses ennemis de toujours sont moins acerbes, moins insultants, tandis que certains de ses habituels défenseurs, comme Huysmans, se font caustiques. «Ce n'est pas d'aujourd'hui que je sais à quel point vous êtes un bourgeois», lui lance Degas. Quand vos ennemis perdent le goût du sang, quand leur haine s'est fatiguée, cela veut-il dire que vous êtes devenu un bourgeois? Quand vos amis s'éloignent, cela veut-il dire que vous avez vieilli? Et Manet n'en reste pas là, il se fait décorer de la Légion d'honneur par son ami Antonin Proust, furtif ministre des Beaux-arts. Zola se gausse. Les critiques les plus réactionnaires brocardent l'insurgé médaillé. S'imaginent-ils qu'il s'est rendu, qu'ils le tiennent à merci? «Ce n'est pas d'aujourd'hui que je sais à quel point vous êtes un bourgeois.» Mais qui peut juger? Qui connaît la souffrance de l'artiste qui, n'ayant pas courtisé son époque, en a été rejeté? Qui condamnera Baudelaire de s'être présenté à l'Académie? Personne ne sait, dit Manet, «ce riant, ce blond Manet», ce que c'est que d'être constamment injurié. Les attaques dont j'ai été l'objet, dit-il à la fin de sa vie, «ont brisé en moi le ressort de la vie». Ces distinctions, ces hochets qui font ricaner les mesquins, sont à ses yeux autant de petites victoires symboliques contre ce que Mallarmé, son ami le plus fidèle, a nommé les «noirs vols du Blasphème». La preuve qu'il n'a pas transigé, ni cédé sur rien, elle est dans les yeux mélancoliques de Suzon, la barmaid des *Folies-Bergère*, dans les deux petites bottines vertes de la trapéziste qu'on aperçoit, joyeusement, splendidement incongrues, tout en haut à gauche du tableau.

15

Goanacos (Patagonie)

Le *tabes dorsalis* est une des formes que prend la neu-
rosyphilis parvenue au stade ultime, l'autre étant l'im-
proprement nommée paralysie générale, dont meurt
Baudelaire (et aussi le père de Manet). La paralysie
générale apparaît lorsque la maladie s'attaque au cerveau,
provoquant aphasie et démence, le *tabes* lorsque c'est
la moelle épinière qui est atteinte et les terminaisons
nerveuses qui s'y rattachent. Ses manifestations les plus
lourdes sont des douleurs fulgurantes dans les membres
inférieurs, puis l'ataxie, c'est-à-dire la perte de l'équilibre
et de la coordination des mouvements. Avant la décou-
verte de la pénicilline, les traitements étaient le mercure
(qui tuait aussi sûrement que la maladie), le bismuth
et les iodures. (Le vieux neurologue qui te donne aima-
blement ces précisions a fait son internat à l'époque
où la syphilis courait encore les rues, si l'on ose dire. Sa
curiosité ne va d'ailleurs pas particulièrement à cette
maladie, mais à des pathologies bien moins profanes,

puisqu'il s'intéresse aux aspects neuropsychiatriques des apparitions, stigmates et autres visions mystiques. Vêtu de flanelle beige il ressemble de façon frappante, de profil, à Joyce : front et menton proéminents, petites lunettes circulaires, courte moustache blanche.)

Une des premières toiles de Manet, peinte à l'époque où il fait connaissance de Baudelaire, s'appelle *Le Buveur d'absinthe*. Avec sa cape sombre et son haut-de-forme évasé en tromblon, on le verrait bien bourreau, ou croque-mort. Un verre de verte est posé à sa droite, la bouteille a roulé à ses pieds. Sa jambe gauche, raide, son talon décollé du sol présentent les marques évidentes de l'ataxie. Dans ses débuts de peintre, le hasard («l'ironie de Dieu», dirait Borges) met une représentation de ce qui sera sa fin. Cette jambe raide, échappant à son contrôle, on la retrouve sur un des deux autoportraits qu'il fait en 1879, celui dit *à la calotte*. La patte folle, sur ce tableau, est la droite, on ne sait si cela est dû au renversement opéré par le miroir (sur l'autoportrait *à la palette*, il tient ladite palette de la main droite, ce qui est impossible), ou bien si la jambe droite aussi le faisait souffrir. En tout cas, les douleurs se font de plus en plus fréquentes et lancinantes, sa démarche devient difficile, incohérente. Il «steppe», il trébuche, il tombe, il a du mal à rester debout longtemps. En visite chez une modiste avec Méry (il aime, comme Mallarmé, laisser ses yeux glisser sur le chatoiement des étoffes, ses doigts sur leur matière rêche, cassante, mousseuse, glacée, soyeuse, il aime les grandes corolles des chapeaux, les volants, les ruches, les falbalas…), on lui avance une chaise, il en est blessé : on l'a traité comme un amputé, « devant toutes ces femmes ». Les femmes, il s'est toujours plu dans leur compagnie et elles le lui ont rendu, il continue à en être entouré, mais à présent il craint de n'être plus tout à fait l'homme séduisant qu'il a été, le spirituel galant qui savait les faire rire, les faire rougir, avec qui on marivaudait. Le soupçon lui vient qu'un peu de compassion entre dans leur tendresse, et cela lui fait horreur. L'appareil de la peinture à l'huile devient trop lourd pour lui, les préparations qu'elle demande, le temps qu'elle exige, les heures devant le chevalet, il lui préfère souvent le pastel, d'exécution plus légère et plus rapide. À mesure que la douleur autour de lui resserre son siège, qu'il pressent, tout en le niant, ce dont elle est l'annonciatrice, l'émissaire vêtue de noir à l'image de cette amazone qu'il a peinte, il multiplie les œuvres où resplendissent l'éclat de la jeunesse et la fragilité de la beauté. Méry, Irma, Jeanne, Isabelle, à la toque de loutre, au chapeau fleuri, au carlin, à la voilette, au corsage rose, au chapeau garni de roses… un citron, trois pommes qu'il offre à Méry, une corbeille de poires, des pêches d'un rose velouteux, six reines-claudes ombrées de pruine… peaux douces, rondeurs, parfums, corbeilles de feuilles ou d'étoffe. Adieu toutes les belles choses. Dans des vases de cristal où la lumière miroite, sur lesquels parfois sinue un dragon chinois, des pivoines pommelées, des roses laissent choir leurs pétales, une clématite ouvre son grand pavillon bleu sous une hampe d'œillets roides, une laineuse branche de lilas blanc semble tout ébouriffée par l'orage. (Cinq ans après la mort de Manet, Pertuiset, qui lui a acheté nombre de ces natures mortes, fera une vente à Drouot. Tu te rends aux archives de l'hôtel des ventes, rue de la Grange-Batelière. Une dame aux cheveux blonds crêpelés te reçoit avec beaucoup d'amabilité, et l'amabilité ne va pas de soi quand on travaille dans des bureaux aussi sinistres que les siens, moquettés de cramoisi défraîchi, chichement éclairés par un jour de fond de cour filtrant à travers des rideaux de mousseline sale (les bureaux de la Stasi à Berlin-Est, penses-tu, devaient ressembler à ça – ce sont des références qu'on a à ton âge). Les dos rouges des catalogues tuilent les murs. L'année 1888 y figure bien, mais justement pas le catalogue de la vente Pertuiset, le 6 juin de cette année-là ; tu apprends seulement qu'il y avait neuf Manet et trente tableaux du chasseur de lions lui-même, que l'expert était un certain Bloche et les commissaires priseurs, Tual et Escribe. Te voilà bien avancé. Finalement, tu trouves le très mince in-8° à la bibliothèque de l'École des Beaux-arts, rue Bonaparte : *Catalogue des tableaux de Pertuiset et des œuvres de Manet formant sa collection particulière*, imprimé à Paris à l'Imprimerie de l'Art. Le clou de la collection est évidemment « *Pertuiset, le chasseur de lions*, médaille de deuxième classe ». Outre ce portrait, il y a *La Bonne Pipe*, qui est donnée comme «le pendant du *Bon Bock*» – ça promet –, *Le Combat de taureaux*, un *Melon*, un *Bouquet de roses et de lilas*, des *Pêches*, des *Prunes* (les six reines-claudes pruinées, cézaniennes, l'une merveilleusement mûre, ambrée, cuivrée), des *Roses*, des *Lilas*, une *Poire*, et un *Jambon*, tout de même, dont les beautés charcutières s'accordent mieux que les délicatesses fruitées au charme du vendeur. Parmi ses œuvres à lui, le «roi des animaux» se taille évidemment la part qui lui revient: il y a un *Affût au lion*, un *Réveil du lion*, un *Lion dans la plaine*, un *Lion et hyène, clair de lune*. Et puis encore une *Côte à la Terre de Feu, crépuscule*, un *Cap Horn, effet de lune*, une *Île de la Désolation*, des *Goanacos (Patagonie)* et bien d'autres pièces parmi lesquelles une *Botte d'asperges* sans doute imitée du «cher Maître»... Tu aimerais savoir à quoi ressemblaient ces croûtes, mais tu ignores où les a menées leur secrète transhumance, dans quel grenier elles ont échoué, quelle arrière-boutique de brocanteur, quelle salle d'attente de vétérinaire, quel atelier de taxidermiste, quelle salle à manger de notaire de province...)

L'été, les Parisiens abandonnent Paris, les Boulevards sont vides, Manet, lui, ne peut plus s'éloigner. Meudon, Versailles, Rueil sont ses villégiatures. Le docteur Siredey, son médecin, lui prescrit un traitement hydrothérapique, il va chaque jour subir, pendant quatre ou cinq heures, la torture des douches froides à la clinique Bellevue, à Meudon. Il loue une maison, 41, route des

Gardes. Paris s'étend à ses pieds, bleu sous les nuages. La fumée qui monte en volutes de la tranchée du chemin de fer, juste en dessous de la maison, lui rappelle le pont de l'Europe, son cher atelier de la rue de Saint-Pétersbourg, l'époque toute proche où il était plein de force. Il écrit de petits mots galants à une jeune fille, Isabelle Lemonnier, qui ne lui répond pas. Elle est aux bains de mer, l'attention que lui porte cet artiste célèbre, un peu scandaleux, la flatte, puis son insistance la fatigue. Il y a des petits crevés en canotier, sur la plage, qui l'intéressent plus que ce vieux boiteux. Il lui envoie des billets décorés d'aquarelles, il se plaint, avec légèreté, de son indifférence, elle ne répond pas, il lui dit qu'il n'écrira plus, il recommence pourtant. «À Isabelle / Cette mirabelle / Et la plus belle / C'est Isabelle.» La plus belle montre ses lettres, en pouffant, à ses amies lorsqu'elles se promènent sur la digue, poussant leur vélo, bousculant les promeneurs. Elle les fait rire, puis feint de se raviser : «ce pauvre vieux, il me fait de la peine…»

(Au numéro 41 de la route des Gardes, derrière un portail de tôle verte ouvrant dans un haut mur, un escalier grimpe vers une maison en meulière de deux étages, mitoyenne d'un petit immeuble moderne. L'entrée, sur le côté, est protégée par une marquise. Avec ses angles de pierre de taille, son toit à quatre pentes, elle ressemble assez à celle qu'on voit sur le tableau intitulé *Coin du jardin de Bellevue*. Une centaine de mètres plus bas, une allée de gros pavés disjoints mène à une série de trois maisons dont la dernière fut celle de Céline, de son retour du Danemark à sa mort. Entre Céline et Manet, un escalier-passerelle enjambe la tranchée du chemin de fer. Des épaves parsèment les broussailles du remblai. Une venelle encaissée, très mal peignée, presque rurale, plonge vers la Seine. En bas, les ruines d'un atelier, avec une cheminée de briques un peu tordue, sont dominées par des murailles de verre noir ceinturées de lames métalliques, là où s'étendait, dans ta jeunesse, la partie de l'usine de Renault-Billancourt qui s'appelait le Bas-Meudon. Une pancarte annonce : «Meudon Campus Real Estate», qu'est-ce que ça veut dire? Combien de distributions de tracts vengeurs, à l'aube, à l'heure de l'embauche, aux portes du Bas-Meudon... Sur la Seine, ce navire démantelé, rasé au-dessus des sabords rectangulaires, lié à la terre par ses passerelles, c'est l'île Seguin (on pense aux photos du *Clemenceau* remorqué sur toutes les mers du monde). Tu as connu l'époque où trente mille personnes travaillaient ici. Le bruit de l'énorme «ville-usine» emplissait l'espace, les fumées couvraient le ciel, des barges chargées de voitures descendaient la Seine, les flux humains cosmopolites se nouaient et se dénouaient à heure fixe, jetant des foules serrées, pressées, dans les rues alentour. Les drapeaux rouges et noirs des étudiants, en mai 68, place Nationale, les poings levés devant les portes closes de la «forteresse ouvrière», la voix métallique de Sartre sur son tonneau, en 1970, place Bir-Hakeim, appelant de façon quelque peu absconse à ce que « les masses prennent une forme neuve », Pierre Overney abattu d'une balle devant la porte Zola, en 1972... ce sont quelques séquences d'un film en noir et blanc, datant des temps très anciens qui furent ceux de ton éducation politique. Cette friche immense à présent, déserte, enclose de palissades. Un skiff passe, rapide, silencieux, laissant des ronds réguliers dans l'eau sale. Vive émeraude, un martin-pêcheur traverse le petit bras, se pose sous une tête de mort taguée sur le quai de l'île. Une *executive woman* en short et haut de survêt noirs, écouteurs aux oreilles, fait son jogging sur le chemin de halage. Quatre petits vieux en casquette, sans doute d'anciens prolos de chez Renault, prennent l'apéro autour d'une table de camping, au milieu des orties et des hautes herbes.

Tu remontes la traboule, le grand fatras de Paris se hausse au-dessus des arbres, blanc de plomb, couleur de nuage. En haut de la colline, vers la gare de Bellevue, le long de la voie ferrée, chacune des maisons au fond de jardins clos de hauts murs, fleuris de roses et de glycines, ombragés de cèdres, pourrait être une clinique psychiatrique. (Tu as séjourné dans un tel endroit, un peu plus loin, au Vésinet, il y a une quinzaine d'années, une grande maison au fond d'un parc que tu appelais ironiquement la Villa Médicine, tu étais pensionnaire à la Villa Médicine, et bizarrement tu en gardes un bon souvenir. Tu y as écrit un livre, apprivoisé des oiseaux, lu l'*Histoire de la décadence et de la chute de l'Empire romain*, de Gibbon, et fait nombre de pastels figurant des livres, des habits pendus à des cintres, et surtout des bouteilles en plastique d'eau minérale, un objet dont les beautés t'étaient demeurées jusqu'alors assez étrangères. Tu avais acquis une certaine habileté, dont tu étais naïvement fier, dans la représentation, à l'aide de bâtons de pastel bleus, blancs et mauves, des éclats de la lumière dans l'eau d'une bouteille (tu penses à cela en regardant les vases de cristal de Manet). Tu t'imaginais aussi que tu étais amoureux de la jeune femme qui vous enseignait l'aquarelle, à vous autres branques. Sur les murs de céramique blanche de l'atelier où vous barbouilliez, il était écrit, en lettres Art nouveau, «Hydrothérapie».) L'entrée de la maison de santé Bellevue, où Manet allait endurer la torture quotidienne, et inutile, de l'hydrothérapie, se trouve avenue du 11-Novembre-1918, autrefois avenue Mélanie. C'est une sorte de Petit Trianon blanc, avec un belvédère sur le toit. À l'accueil, une dame très aimable, qui ignorait que le peintre d'*Olympia* avait été soigné ici, te photocopie l'historique, assez sommaire, de l'établissement, qui a vu passer aussi Hetzel et Adèle Hugo. Les salons, qui semblent ceux d'une maison bourgeoise du Second Empire, ouvrent par de grandes croisées sur le parc, on y verrait bien la délicieuse Renée Saccard, presque nue dans son costume d'Otaïtienne, ouvrir le bal tragique de *La Curée*. Sous un cèdre, un bassin avec une rocaille, à sec, abandonné, envahi de végétation. Les trains du Transilien passent à grand fracas derrière le mur qui longe la rue Dumont-d'Urville, dont le nom rappelle qu'après avoir ramené en France la Vénus de Milo, accompli trois circumnavigations, retrouvé devant l'île de Vanikoro les épaves de La Pérouse, navigué dans les glaces de l'Antarctique et découvert la terre Adélie, Jules Dumont d'Urville vint mourir ici, le 8 mai 1842, à Meudon, sur la ligne de Versailles, dans une des premières catastrophes de l'histoire des chemins de fer. À Fuerte Bulnes, au-dessus de Port-Famine et des bleuités du détroit, dans un bistro orné de planches d'oiseaux des mers australes, où un taulier à la voix retentissante proposait des *empanadas* et du thé, tu as observé une réalisation, modeste et pratique, du mort de Meudon : *el buzón de d'Urville*, une boîte aux lettres recouverte d'une feuille de zinc. Fixée à un poteau planté à l'aiguade, elle recueillait la correspondance des navires se dirigeant vers le Pacifique, que ceux qui rentraient vers l'Europe se chargeraient d'acheminer. Il vaut mieux lire l'espagnol pour comprendre cette histoire, la notice en français étant rédigée dans un pittoresque sabir dont voici, fidèlement recopié, un échantillon : « Appréciant l'utilité de l'installation, d'Urville a eu son transfert au sima l'extrémité voisine Santa Ana, puis je me lève un poteau de 3 à 4 mètres de taille là à la manière de balise qui a réveillé l'attention des navigateurs qui ont moulé l'ancre dans le compartiment du sud, avec une table croisée en laquelle j'enregistre les lettres aux de poteau de phase, arrangeant sur le pied, à la manière de boîte aux lettres, une boîte en bois couverte en zinc. Cet ensemble, a écrit l'amiral gallique, a dû durer de longues années si personne ne le détruit. » La preuve.)

L'été de 1882, Manet loue une maison à Rueil, rue du Château. Son pied gauche le torture. « On ne devrait pas mettre des enfants au monde pour les faire comme ça », dit-il cruellement à sa mère. Pour soulager ses douleurs, il prend de l'ergot de seigle, qui contracte les vaisseaux et donne des hallucinations. Si petit que soit le jardin, il a du mal à en faire le tour, appuyé sur une canne. Quand le temps le permet, qu'il ne souffre pas trop, il peint en plein air : l'arbre, la pelouse, la maison avec son petit fronton porté par deux colonnes blanches. Il passe des heures assis, le pied sur une chaise, à essayer de lire. Il laisse tomber le livre, regarde la lumière changer, les ombres tourner, son palais de rayons se faire et se défaire. Il se relève, essaie de peindre. Le plus souvent la pluie cingle le jardin, défleurit les roses. À l'abri de la maison, il peint des natures mortes. Des fruits, quatre mandarines, des fraises à l'incarnat tiqueté de sombre, une corbeille de poires, des grenades, des pêches… Une brassée de fleurs, des pivoines, des roses sur une nappe. Des roses dans un verre à champagne, des mandarines, semblables à celles qu'on voit disposées sur le comptoir du *Bar aux Folies-Bergère*, telles les offrandes consacrées d'une messe à la beauté du monde dont la barmaid aux yeux tristes, revêtue de sa chasuble de velours bleu nuit et de dentelle blanche, les bras symétriquement écartés du corps en un geste sacerdotal, serait l'officiante. Adieu toutes les belles choses. (Aujourd'hui, le crépi ocre ou rose, de grêles arcades commerçantes, des lampadaires «à l'ancienne» portant des jardinières de géraniums, donnent à la rue du Château le chic d'un lotissement néo-provençal sur la côte varoise. Sur la façade du numéro 18, une plaque émaillée, ornée d'une reproduction sommaire de *La Maison de Rueil*, signale que Manet a séjourné et peint ici. Au rez-de-chaussée, «Deva Institut de beauté Soins du visage Soins du corps des mains et pieds Épilation». En face, un «Tiercé Bar» jaune et vert. Çà et là, épars dans le *cheap* urbain contemporain, quelques tout petits immeubles anciens, de ces édifices à un ou deux étages, toit de tuiles, persiennes ouvrant autour des fenêtres leurs ailes de bois, qu'on voit sur les tableaux impressionnistes d'Argenteuil ou de Bougival. Le patron du bar jaune et vert ne voit pas qui est Manet, il croit que tu cherches un locataire qui s'appelle ainsi, il est méfiant. Non, non, il est mort depuis longtemps. Il ne va pas tarder à mourir.)

La veille du jour de Pâques de 1883, il se rend à son atelier. Méry lui fait porter des œufs en chocolat par Élisa, sa femme de chambre. Il lui demande de poser, esquisse un portrait au pastel. Il ne peut terminer, lui demande de revenir le lendemain. Le lendemain, quand elle revient, il n'est pas là. Le pastel reste sur le chevalet, à jamais inachevé. Visage de profil, toque à plumes, col blanc rabattu. Manet alité chez lui, 39, rue de Saint-Pétersbourg, ne se relèvera plus. L'ergot de seigle, en restreignant la circulation, a causé une gangrène. Sa jambe gauche est noire, les ongles du pied en tombent. Il ne reste plus qu'à amputer. Les chirurgiens sont le docteur Verneuil et le professeur Tillaux. Le lendemain de l'opération, Léon, le fils qu'il a eu de la Hollandaise, qu'il a toujours fait passer pour son beau-frère, parce que c'était un enfant illégitime, que c'était comme ça dans les familles bourgeoises, Léon dont le nom est « Lion », le fils caché mais exhibé dans tant de ses tableaux, relevant le tablier de la cheminée, trouve le pied posé sur les chenets, comme une vieille bûche calcinée. La fièvre persiste. On répand de la sciure dans la rue, pour étouffer le bruit des roues. Seuls quelques amis très proches, Mallarmé, Nadar, Antonin Proust, sont autorisés à voir l'agonisant. Dix jours plus tard, le 30 avril, il meurt, sans avoir vraiment repris connaissance.

Ce jour-là, le président de la République, Jules Grévy, inaugure au Palais de l'Industrie le Salon de 1883. Il s'arrête devant les œuvres vedettes, le *Portrait de Madame X.*, de Cabanel, *Le Page et l'Inquisiteur*, de Jean-Paul Laurens, *La Vache*, d'Alfred Roll, une belle bête grandeur nature, l'*Andromaque* de Georges-Antoine Rochegrosse, que s'apprêtent à violer des soudards grecs, *L'Été*, de Hans Mackart, où batifolent des jeunes femmes très dénudées, mais « point lascives pour autant », juge l'Excellence. Une foule « pschutt » se presse dans les salles immenses, on croise Puvis de Chavannes, Mademoiselle Salomon de Rothschild, Fantin-Latour, Gérôme,

Alfred Stevens, Monsieur et Madame Worms – cette dernière tout en bleu, avec une branche de lilas blanc au corsage –, Mademoiselle Achille-Fould, dans une robe de faille rayée gris perle et noir de chez Worth, Leconte de Lisle, Alexandre Dumas, Gounod, Edmond de Goncourt, Auguste Vacquerie, Rochefort et sa fille… Le peintre Van Beers, furieux qu'on ait accroché sa *Rigoletta* à une mauvaise place, salle 10, barbouille de noir de fumée le verre du tableau. Il fait un grand soleil, le printemps met du vert et du carmin aux arbres, les restaurants en plein air sont bondés, les places ont été retenues longtemps à l'avance, à prix d'or. Froufrous de satin, mouvements d'ombrelles, battements d'éventails, rires cristallins. Alphonse Daudet, grand enculeur, se plaît à imaginer qu'il sodomise l'une ou l'autre, la belle Madame Guillemet, par exemple, cette élégante américaine que Manet a peinte avec son Jules de mari *Dans la serre*, ou bien la petite Achille-Fould? Hmmm… Ou bien, non! Celle-ci, plutôt, cette excitante brune aux hanches de caravelle, à la taille bien prise, aux seins de figure de proue, qui s'avance au bras du prince Stirbey: Clochette de Miraflores, que Pertuiset contemple de loin, l'air d'un gros chien battu! Ah, quel cul! Au bras de sa femme, la belle Julia que Renoir a peinte, Daudet a bien du mal à faire mine de s'intéresser à *La Marmite*, d'Antoine Vollon, avec son quartier de viande crue rembranesque, un des clous du Salon. Quel cul, nom de Dieu! Comme ce doit être bon!

16

Un vari blessé

À sa mise en terre, au cimetière de Passy, il y a Berthe et Mallarmé, Nadar et Monet, Méry et Zola, bien d'autres, et Pertuiset, énorme, solennel, rubicond, drapé de noir. Manet mort, Degas trouve qu'il était plus grand qu'on ne l'avait cru. Zola, lui, pense-t-il déjà à la mesquine oraison funèbre qu'il fera de Claude, le peintre de *L'Œuvre* : « Il n'a pas eu le génie assez net » ? Un an plus tard, Nina meurt folle dans un asile, croyant qu'elle est morte depuis longtemps. « Quand j'étais en vie, dit-elle à ceux, rares, qui la visitent, on me trouvait belle, on m'aimait. Aujourd'hui, je fais peur. » Une petite vingtaine de fidèles suit le cercueil de celle qui fut l'hôtesse de tout ce qui se flattait d'être artiste. Son mari, quitté depuis longtemps, mène le maigre cortège, ivre mort mais très digne dans son habit, un camélia à la boutonnière. Encore quatre ans, et le dernier Grand Maître de l'ordre de Malte, Villiers, finit dans une maison de santé, marié presque de force, sur son lit de mort, à sa servante illettrée. Misérable, mais l'amitié ne lui fait pas défaut, Méry et Mallarmé l'entourent. Puis c'est Charles Cros qui meurt gueux et alcoolique, ayant dû vendre ses meubles et sa bibliothèque. La passion des connaissances pittoresques ne l'a pas abandonné, un mois auparavant il a envoyé à l'Académie une note dénonçant *Des erreurs dans les mesures des détails figurés sur la planète Mars*. Puis c'est Berthe qu'une pneumonie emporte, à cinquante-quatre ans, grande bourgeoise vêtue de noir, austère, lointaine, sauvée de la mélancolie par l'amour de sa fille et de la peinture. Méry meurt au tournant du siècle, elle survivra en Odette de Crécy, Mallarmé l'a précédée de deux ans, pris à la gorge par un mal subit, un matin de septembre, dans sa maison du bord de l'eau. Tournez manège. Victorine, le modèle de l'*Olympia* et du *Déjeuner*, meurt longtemps après, le vingtième siècle déjà bien avancé, ayant vu une guerre mondiale, très vieille femme solitaire dans un pavillon de Colombes. Et lui alors, l'insolite balourd, qui a croisé ces vies, fait l'éléphant dans un magasin de porcelaines, lui qui n'a pas connu ce qu'était l'art, mais eu assez de sensibilité tout de même pour l'admirer, de loin, comme qui contemple un beau paysage, comment a-t-il pris congé ? A-t-il fini sous la griffe d'un lion, ou bien assassiné par son boy, au bord d'un fleuve d'Afrique ? La cirrhose l'a-t-elle emporté, vieux poivrot qui amusait du récit de ses aventures les habitués des bistros de Montmartre ? Est-il mort à l'aube dans une minable chambre d'hôtel d'une petite ville où il s'apprêtait à faire une conférence sur le thème «La Terre de Feu, eldorado du futur»? Ses voisins, lassés d'entendre ses rugissements, l'ont-ils fait interner dans un hôpital psychiatrique où les médicaments l'ont endormi pour toujours? A-t-il succombé à une apoplexie à la fin d'un repas de chasseurs, face embourbée dans le sorbet, serviette nouée autour du cou? S'est-il fait sauter la gueule avec sa «poudrière de campagne»? Ou bien est-il retourné en Patagonie et y a-t-il disparu dans la montagne, à l'instar du sixième oncle de Blaise Cendrars, «hurlant comme un vari blessé»? Qu'importe. Peut-être ne meurt-il pas, jamais? La lourdeur est éternelle.

Autant le dire à présent: les lions, en fin de compte, on s'en fout. Animal prétentieux, paresseux, un tantinet vulgaire. Son pelage, loin des beautés du tigre ou de la panthère, est celui d'un âne jaune. D'ailleurs, s'il a colonisé la sculpture, sa fortune littéraire n'est pas considérable. Il a beau secouer sa crinière, bâiller terriblement pour montrer qu'il a les dents longues (et puantes), rugir, il n'intéresse pas tellement les écrivains. Vialatte prétend que le Français l'adore: «Le lion fait sérieux, il intimide; il révèle un standing élevé.» Mais il s'agit de lions de bronze: «L'un est couché sur la pendule, l'autre accroupi sur le presse-papiers.» On passe sur les lions des fabulistes, qui sont des allégories, les lions bouffeurs de chrétiens, le lion d'Androclès de Victor Hugo, ceux de *La Légende des Siècles*, qui épargnent Daniel: ce sont des animaux de cirque. Il y a, à peine plus réels, les lions crucifiés que découvrent les mercenaires de *Salammbô*, le lion gréco-latin qu'Hadrien chasse avec Antinoüs, dans ses *Mémoires* yourcenariens. Le lion de Kessel, avec sa petite fille, qui a fait pleurer plusieurs générations, a déjà plus une gueule de fauve. C'est Hemingway, bien sûr, qui parle le mieux des lions, des vrais lions. Il y a celui que tue PVM, Pauvre Vieille Maman, dans *Les Vertes Collines d'Afrique,* et les Swahilis enthousiastes de crier *Mama piga Simba! Hey la Mama! Hey la Mama!* Quand Francis Macomber s'engage dans un fourré, en compagnie du chasseur blanc, sur la trace d'un lion blessé, on a vraiment peur avec lui. Et il y a de quoi : il va y perdre son honneur, sa femme et finalement sa vie. Et dans sa cabane, en haut du village, le vieux Santiago, épuisé par sa lutte avec l'espadon, rêve des lions qu'il a vus sur le rivage d'Afrique, autrefois, comme Robinson Crusoé.

Des chasseurs de lions, le plus bavard est celui de Javier Tomeo, le plus lamentable est le fameux Tartarin, de Daudet l'enculeur (pourquoi ce livre minable, puérile pochade colportant les plus plats clichés folklorisants et colonialistes, suite de gags téléphonés propres à faire rire des idiots, était-il tenu par l'école laïque et républicaine de ton enfance pour l'introduction nécessaire, avec quelques autres œuvrettes de Daudet, à la littérature française ? Tu en possèdes une édition bilingue français-anglais, estampillée *English Girls College,* et achetée à un bouquiniste de la rue Nabi-Daniel à Alexandrie, lors du séjour où tu as aussi revisité l'hôtel Leroy, vingt-deux ans après y être passé une première fois. C'est assez réjouissant de lire des notes comme : « COQUIN DE SORT ! *A somewhat vulgar expression. Say "bless my soul".* » Pendant que des jeunes filles anglaises d'Alexandrie ânonnaient ces bêtises qui les dégoûteraient à jamais de lire en français, on t'imposait le même pensum à l'école communale que tu fréquentais dans le quinzième arrondissement. C'était il y a un demi-siècle, et c'était un autre monde. Vous portiez des blouses, grises ou bleues (les bleues étaient plus chic), les instits aussi. Vous écriviez en trempant le porte-plume, en bois ou en plastique (le plastique était plus chic), dans l'encrier du pupitre. Il y avait au mur une grosse tic-tacante horloge et des cartes de géographie Vidal Lablache. Écrivez : « Aux premiers pas qu'il fit dans Alger, Tartarin de Tarascon ouvrit de grands yeux. » C'était l'époque de la guerre d'Algérie. Il y avait dans ta classe deux frères kabyles, les Boualouache, qui passaient pour des durs à qui il valait mieux ne pas se frotter pendant les récrés (note : « *The Kabyls dwell in villages called gourbis. They are industrious and hospitable, but vindictive and very superstitious* »). En rentrant chez toi, tu passais devant le commissariat de police, qui était protégé par des boucliers de béton. Il y avait, stationnées devant, des quatre-chevaux Renault noir et blanc qu'on appelait des « voitures pies ». Tu achetais des espèces de pétards en forme de boules de papier nommés «bombes algé-riennes». Votre voisine écoutait anxieusement une radio qui donnait chaque jour les noms des tués, son mari était lieutenant en Algérie, cantonné peut-être du côté de Jemmapes qui s'appellerait bientôt Azzaba).

Il fait nuit. Couchées au-dessus de la baie, les trois étoiles alignées d'Orion, autre chasseur célèbre. Le vent attaque par rafales, accès de fureur. Ronfle dans la che-minée, hulule dans les fils électriques. Un peu plus loin, on l'entend faire d'autres bruits, légèrement différents, plus graves, ou plus sifflants, selon d'autres rythmes. Ce n'est pas une force homogène, égale, c'est une meute courant, hurlant dans la nuit. Tu attendais Isabel, avec qui commence cette histoire, et puis finalement elle n'est pas venue en France, il fallait s'en douter. Peut-être en ce moment marche-t-elle le long de la mer, avec des amies, poussant un vélo, au soleil couchant, à Ipanema. Non, ce serait à Recife, tu préfères le nom de Recife. Au *Museu de Arte* de São Paulo, il y a un an, découvrant le chasseur de lions, il te semblait confusément que tu avais quelque chose à faire avec lui. Écrire son histoire, ce qui aurait pu être son histoire. Ce type n'était pas ton genre, mais il n'était pas celui de Manet non plus, qui en avait pourtant fait le portrait. Il n'avait aucun charme à tes yeux, sauf un, qui était fort: tu l'avais croisé très longtemps auparavant, sur la place d'armes venteuse d'un port du détroit de Magellan, d'où l'on voyait la ligne mauve de la Terre de Feu barrer l'horizon. Son nom si banalement, si traditionnellement français faisait retentir en écho d'autres noms qui étaient ceux d'un monde lointain confondu avec un territoire romanesque. Peut-être même l'avais-tu croisé bien avant encore, au temps où les jeunes femmes avaient de grandes robes blanches, où il y avait des voiles sur la Seine, des foules élégantes, la nuit, aux cafés des Grands Boulevards, des peintres sous les verrières de Montmartre et de l'Europe, et aussi, sur le corps de Paris, les balafres laissées par une Histoire tragique. Le lion que tu chassais, la Terre de Feu que tu explorais, le trésor que tu cherchais, c'était, comme toujours, le temps perdu : pays où la vie passée se mêle à la vie rêvée, seule chasse où on est assuré d'être au bout tué par le fauve, seule exploration où l'on finit toujours sous la dent des anthropophages.

Table

Phénomène futur
Seuil, 1983
et « Points », n° P581

Bar des flots noirs
Seuil, 1987
et « Points », n° P697

En Russie
Quai Voltaire, 1987
et « Points », n° P327

L'Invention du monde
Seuil, 1993
et « Points », n° P12

Port-Soudan
prix Femina
Seuil, 1994
et « Points », n° P200

Mon galurin gris
Seuil, 1997

Méroé
Seuil, 1998
et « Points », n° P696

Paysages originels
Seuil, 1999
et « Points », n° P1023

La Langue
Verdier, 2000

Tigre en papier
prix France-Culture 2003
Seuil, 2002
et « Points », n° P1113

Suite à l'hôtel Crystal
Seuil, 2004
et « Points », n° P1430

En collaboration

La Havane
Quai Voltaire, 1989

Voyage à l'Est
Balland, 1990

Semaines de Suzanne
Éditions de Minuit, 1991

Une invitation au voyage
Bibliothèque nationale de France, 2006

Rooms
Olivier Rolin & Cie
Seuil, 2006

COMPOSITION : PAO ÉDITIONS DU SEUIL

Cet ouvrage a été imprimé en France par
CPI Bussière
à Saint-Amand-Montrond (Cher)
en août 2009.
Nº d'édition : 100184. - Nº d'impression : 91318.
Dépôt légal : septembre 2009.

Collection Points